Taichi Yamada

Lange habe ich nicht vom Fliegen geträumt

Taichi Yamada

Lange habe ich nicht vom Fliegen geträumt

ROMAN

Aus dem Japanischen von
Ursula Gräfe und
Kimiko Nakayama-Ziegler

Goldmann Verlag

Die japanische Originalausgabe erschien 1985 unter dem Titel
»Tobu yume wo shibaraku minai« bei Shinchosha Co., Ltd.

1. Auflage

Umschlaggestaltung: Design Team, München
Umschlagmotiv: Collage Getty Images/Yamaguchi
und Toshihide Gotoh
Satz: Buch-Werkstatt GmbH, Bad Aibling
Druck und Bindung: CPI – Ebner & Spiegel, Ulm
Printed in Germany
ISBN 978-3-442-31093-7

www.goldmann-verlag.de

Ich sprach davon, dass ich schon lange nicht mehr
getäumt habe vom Fliegen,
da kam er in dieser Nacht, endlich –
der »Traum vom Fliegen«.

Aus: Sachiko Yoshihara, »Träume«

Es war im Winter, zwei Monate und knapp zwei Wochen vor meinem achtundvierzigsten Geburtstag. Ich war bewegungsunfähig – und das nicht in metaphorischem Sinn. Ich hatte mir den rechten Oberschenkel gebrochen und war ans Bett gefesselt. In dieser Zeit vollzog sich tief in mir eine Loslösung von der Wirklichkeit.

(Für diesen vielleicht etwas hochtrabend erscheinenden Einstieg bitte ich um Nachsicht. Ich weiß bis heute nicht, wie ich das, was ich erlebt habe, bewerten soll – etwas, das wahrscheinlich nie zuvor jemandem zugestoßen ist, umso weniger einem ganz durchschnittlichen Mann wie mir. Nachdem alles vorbei war, habe ich unzählige Male versucht, mir die Sache zu erklären. Einige Theorien verwarf ich sofort, an anderen hielt ich länger fest, dann wieder verzichtete ich eine Weile auf jeden Deutungsversuch.)

Beginnen wir also mit dem, was damals meine Wirklichkeit war.

Diese bestand in erster Linie aus meiner Tätigkeit als stellvertretender Verkaufsleiter in der Filiale eines Fertighausherstellers in Nordjapan und dem, was damit zusammenhing, nämlich mit der Tatsache, dass man mich ohne Familie dorthin versetzt hatte; mit der Frage nach meinen Führungsqualitäten; mit dem Firmenumsatz; mit dem dröhnenden Handwerkerorgan des Filialleiters; mit dem übersteigerten Selbsterhaltungstrieb des Abteilungschefs; mit den Zinssätzen der Bausparkassen; mit dem gespielten Optimismus meiner Untergebenen; mit meiner Frau, die in Tokio geblieben war; mit meiner verheirateten Tochter; auch mit meinem Sohn im zweiten Studienjahr (und wenn ich hinzufügen darf, mit der Entfremdung vom ihm); außerdem mit Schlafstörungen, Magenschmerzen, häufigem Harndrang und anderen stressbedingten Beschwerden.

Ich hatte nicht erwartet, dass sich all dies nach zehn Tagen Bettruhe problemlos kurieren ließ, doch wenn man geraume Zeit an eine weiße Zimmerdecke starrt, rücken die Dinge weiter und weiter fort.

Vielleicht hatte ich einfach resigniert. Vom Zeitpunkt des Unfalls an betrachtete ich meine Karriere in der Firma als beendet. Obwohl ich mich halbherzig dagegen wehrte, breitete sich der Gedanke in mir aus wie ein Wasserfleck auf einem Baumwolltuch. Eine Weile belastete mich dieses Wissen, aber vermutlich trug gerade der Druck dazu bei, dass mir die Ablösung so schnell gelang.

Ein *anderes Ich* drängte wieder an die Oberfläche, ein Ich, das in die Tiefen meines Bewusstseins verbannt worden war, um mir das Überleben zu ermöglichen.

Es mag erstaunlich klingen, doch eines Morgens empfand ich eine Leichtigkeit wie aus meiner Jugendzeit, gepaart mit der Unsicherheit und Melancholie eines Heranwachsenden. Es war ein lang entbehrtes Gefühl, und wie vieles andere hatte ich es bis dahin unterdrückt.

Und dann kam die Vorahnung.

Ja, eine Vorahnung muss man es nennen, eine mir bis dahin gänzlich fremde Erfahrung.

Meine Verkaufsstrategie basierte stets streng auf Fakten. Dies entsprach meinem Charakter. Selbst im Privatleben hatte ich mich nie von Gefühlen leiten lassen. Deshalb war jene Vorahnung völlig ungewohnt für mich. Eines frühen Nachmittags überfiel sie mich plötzlich.

Ich war kurz vor dem Einnicken, als es mich wie ein Peitschenschlag traf. Eine erste Attacke zielte in die Magengegend. Ein Angstgefühl, das in der Brust emporstieg, brachte mich dazu, die Augen aufzureißen. Das unbekannte, immer stärker werdende Unbehagen ließ mich den Mund weit öffnen. Ich unterdrückte einen Schrei und versuchte mit tiefen Atemzügen der wachsenden Panik zu begegnen.

Es musste ein Traum gewesen sein. Ja, ich hatte wohl geträumt, obwohl es sich eigentlich nicht wie ein Traum angefühlt hatte. Mein Körper wurde von einer unbegreiflichen Anspannung erfasst, mein Herz raste. Mir fiel die Bezeichnung »nervöse Herzbeschwerden« ein, und ich bemühte mich mit aller Kraft, den Anfall zu unterdrücken.

Ein weiches Tageslicht schien auf die weiße Zimmerdecke, und die leicht welken roten Nelken standen still in ihrer Vase. In meinem Einzelzimmer regte sich nichts. Auch ich verharrte bewegungslos, rührte das geschiente rechte Bein nicht. Um mich herum war nichts geschehen. Nur mit mir stimmte etwas nicht. Ich war schweißüberströmt, rang nach Luft und klammerte mich an die Bettdecke.

Ich versuchte mich zu beruhigen: Es ist nichts passiert. Hör doch, die Kinder draußen. Und da, das Lachen von

Nakanobu, der jungen Schwester. Ein Kofferraumdeckel, der zugeschlagen wurde. Wahrscheinlich wurde gerade jemand aus dem Krankenhaus entlassen. Ach ja, ich musste mich noch erkundigen, wie viel Trinkgeld ich den Schwestern hinterlassen sollte. Einen Betrag, der für einen Einzelzimmerpatienten angemessen war. Trinkgelder waren hier eventuell nicht üblich, andererseits mochte diese Sitte gerade in der Provinz gepflegt werden …

Wieder türmte sich in mir die Panik zu hohen Wellen auf, und ich musste den Atem anhalten, um nicht darin zu ertrinken.

Da hörte ich von fern den Zug.

Eine Art von Lähmung befiel mich. Von der Magengrube bis in die Brust durchlief mich ein starkes Zittern. Ganz deutlich sah ich vor mir, wie der Zug entgleiste, sich überschlug. Nun war alles klar. Aber warum sah ich das? Woher konnte ich es wissen? Verlor ich meinen Verstand?

Das bislang unbestimmte Panikgefühl verband sich nun ausschließlich mit dem Rauschen des Zugs, der näher kam. Entgegen meiner seltsamen Wahrnehmungen klang das Zuggeräusch in keiner Weise ungewöhnlich.

Sicher nicht, das Seltsame war in mir.

Nur: woher rührte das Gefühl? Was war denn so beunruhigend an dem Geräusch?

Ich hatte es schon dutzende Male gehört, seit ich mich in diesem Krankenhaus aufhielt, und das vertraute Rauschen des Zuges aus Tokio klang auch heute kein bisschen anders.

Trotzdem hämmerte mein Herz immer heftiger. Unaufhaltsam raste der Zug näher. Ich legte mir die Hand über den Mund, um nicht zu schreien.

Ich war außer mir, entsetzt über meine offenbar völlig zerrütteten Nerven. Was war nur los mit mir? Ich musste verrückt geworden sein.

»Halt!«, schrie ich, »halt!«

Ich presste mir die Faust gegen den Mund, während der Zug mit unverminderter Geschwindigkeit weiterratterte, in unerbittlichem, eintönigem Rhythmus. Hilflos war ich ihm ausgeliefert.

Ich verbarg das Gesicht in den Händen. Ohne Gnade donnerte der Zug über mich hinweg, tösend, brutal. Dann Ruhe für einen Sekundenbruchteil.

Plötzlich wurde alles weiß.

Die Erde erbebte. Der metallene Riese kippte um.

Und damit begann meine Geschichte.

1

Der Fernseher wurde immer wieder vom Lärm eines Hubschraubers übertönt, der über dem Krankenhaus kreiste.

Ab und zu war auch der Empfang gestört. Abwechselnd sah man den fliegenden Hubschrauber, dann dessen Perspektive auf die Landschaft. Aha, dachte ich, so erscheint der Ort also aus dem Blickwinkel des Hubschraubers.

Zwei Waggons waren umgestürzt und drei weitere entgleist, sieben standen noch auf den Schienen.

Während des gesamten Nachmittags berichtete das Fernsehen über den Unfall des Expresszuges *Schneevogel* auf der Hauptstrecke nach Tokio. Es gab vierzehn Tote und mehr als sechzig schwer und leichter Verletzte.

Obwohl das Geschehen sich in unmittelbarer Nähe ereignet hatte, war es mir nicht möglich, es vom Fenster aus zu betrachten. Ich musste mich im Fernsehen informieren. Dort sah ich auch das Krankenhaus, in das man mich zehn Tage zuvor gebracht hatte, zum ersten Mal von außen, ja sogar von oben. Es lag an einer spärlich besiedelten Landstraße, inmitten schneebedeckter Äcker und Reisfelder.

Den Nachrichten zufolge wurden einunddreißig der Verletzten hier eingeliefert, da die Klinik kaum einen Kilometer von der Unfallstelle entfernt lag. Am Haupteingang errichtete man ein Zelt mit einem Krisenzentrum, und ein Fernsehreporter verlas vor laufender Kamera die Namen und Adressen der Opfer. Ich glaubte, im Hintergrund mein Fenster zu erkennen.

Im Anschluss an die Nachrichten des öffentlichen Senders NHK schaltete ich auf die Berichterstattung der Privaten. Wenn Werbung einsetzte, drehte ich den Ton ab.

Obwohl mein Zimmer weit oben im fünften Stock lag, hörte ich die hastigen Schritte und die aufgeregten Stimmen aus der Eingangshalle bis hierher: »Nicht die Aufzüge benutzen«, »Schreckliche Sache!«, »Zum Flur auf den zweiten Stock!«.

Das Sirenengeheul der Ambulanzwagen, das Schreien und Weinen hielt mit einigen Pausen den ganzen Nachmittag an. Dazwischen hörte ich, wie jemand in ganz alltäglichem Ton ein Auto in eine Parklücke lotste. Im selben Moment verlor das Unglück ein wenig von der Dramatik, die die Bilder im Fernsehen vermittelten.

Mittagessen gab es erst nach drei Uhr.

»Entschuldigen Sie, wir sind spät heute.« Die etwa fünfzigjährige Schwester, die immer das Essen brachte, war für ihre Verhältnisse wortkarg und lächelte auch nur kurz.

»Wie sieht es denn aus?«

»Bitte?«

»Unten ist ganz schön was los, oder?«

Ohne meine Fragen zu beantworten, bückte sie sich und kurbelte mein Bett hoch, damit ich sitzen konnte. Ich beobachtete dabei ihren Gesichtsausdruck. Sie mied meinen Blick, und das überraschte mich, für gewöhnlich war sie fast schon zu aufgeräumt. Vielleicht war sie nur zufällig schlechter Laune, und es hatte mit dem Unfall nichts zu tun. Dennoch hatte ich zum ersten Mal das Gefühl, direkt mit der Tragödie in Berührung zu kommen, die ich bisher nur aus dem Fernsehen kannte, obwohl sie sich in nächster Nähe ereignet hatte. Wahrscheinlich hatte die Stimmung in den unteren Stockwerken sogar einer redseligen Frau wie ihr die Sprache verschlagen.

»Lassen Sie es sich schmecken.«

Hart schnappte die Tür hinter der Schwester ins Schloss, es klang wie ein Vorwurf.

Aber natürlich trug ich keinerlei Verantwortung.

Ich dachte nach dem Unglück ein ums andere Mal über meine Vorahnung nach und entschied, es müsse sich um eine Art Sinnestäuschung gehandelt haben.

Eventuell hatte es sich so verhalten wie bei jemandem, der aus dem Bett fällt – obwohl man von solchen Menschen in diesen Tagen auch nicht mehr so häufig hört – und der zuvor länger vom Fallen geträumt hatte. Offenbar hatte ich bis zu dem Unfall fest geschlafen. In der Sekunde zwischen Erwachen und Traum meinte ich eine Vorahnung gehabt zu haben. In meinem Traum hatte die Sekunde Minuten gedauert.

Diese Erklärung kam mir selbst etwas konstruiert vor, aber die Annahme, dass ich den Unfall tatsächlich vorausgesehen hatte, war noch unwahrscheinlicher. Bis zum Abend hatte ich mich dann selbst überzeugt, dass ich nur geträumt hatte.

Kurz vor sechs Uhr kam die Oberschwester – sie war

ungefähr Mitte vierzig – zusammen mit der jungen Lernschwester Ozaki in mein Zimmer.

»Was sollen wir da machen?«, fragte die Oberschwester, die geschäftige Energie ausstrahlte. Sie trat an mein Bett und sah zu mir herunter.

»Was sollen wir bloß machen?«, wiederholte sie und schaute mich wie ein Möbelstück an, das verstaut werden sollte.

»Worum geht es denn?«, fragte ich.

»Ach, Verzeihung!« Sie lachte, als hätte sie mich gerade erst richtig wahrgenommen, und zupfte verlegen die Bettdecke um meine Schultern zurecht. Dann wandte sie sich an Schwester Ozaki. »Vielleicht ist es ihm nicht angenehm?« Nun sah sie wieder zu mir herunter. »Was sollen wir machen?«

»Was machen?«

»Wir müssten Sie in ein Sechsbettzimmer verlegen. Sie können sich denken, dass wir Schwierigkeiten mit der Unterbringung der Patienten haben.«

»Kann ich mir denken.«

»Es wäre nicht so schlimm, wenn wir nicht ohnehin schon voll besetzt gewesen wären. Aber sogar unter normalen Umständen können wir nicht mehr als zwanzig Notfälle aufnehmen, und jetzt haben wir bereits dreißig. Einige von ihnen liegen auf Matratzen auf dem Boden.«

»Und was erwarten Sie von mir?«

»Nun ... wären Sie eventuell bereit, in ein Einzelzimmer am anderen Ende des Gangs zu ziehen? Der Verwaltungschef hat mir mehrfach versichert, es sei nur für heute Nacht.«

»Selbstverständlich.«

»Allerdings, die Sache ist die: Sie werden dort nicht allein sein. Der Raum wurde sozusagen in ein Zweibettzimmer umfunktioniert. Der betreffende Patient ist einverstanden. Wären Sie also bereit, dorthin umzuziehen, wenn wir eine Trennwand aufstellen?«

»Sofern der Patient keine ansteckende Krankheit hat.«

»Nein, nein. Er kann sich nicht rühren wie Sie, hat Prellungen und Knochenbrüche, aber das ist ja nicht ansteckend.«

»Dann bin ich auch ohne Trennwand einverstanden.«

»Die Trennwand ... wird von der anderen Person gewünscht. Es handelt sich nämlich um eine Frau.«

»...«

»Wie ich schon sagte, Sie beide sind ohnehin ans Krankenlager gebunden, und es ist nur für eine Nacht.«

»Ja, für mich stellt das kein Problem dar. Die Entscheidung liegt bei der Dame.«

Geistesgegenwärtig kontrollierte ich meinen Tonfall und den Gesichtsausdruck.

Keine der beiden Schwestern schienen die Gefühle eines Mannes in mittleren Jahren zu kümmern, der gebeten wird, das Zimmer mit einer fremden Frau zu teilen. Erleichtert riefen sie »Prima!« und »Also dann, los!«, verfrachteten mich ebenso hastig wie ungerührt auf ein Rollbett und schoben mich auf den Gang hinaus.

Während der gesamten Aktion fiel kein Wort, das mir einen Hinweis auf das Alter der Patientin gegeben hätte. Ob sie es mir absichtlich verschwiegen?

War die Frau noch jung und bestand deshalb auf einer Trennwand?

Das konnte im Grunde nicht sein. Nie würde man einen Mann, und sei er noch so bewegungsunfähig, mit einer jungen Frau zusammenlegen. Vielleicht war die Frau in meinem Alter? Oder viel älter? Wahrscheinlich das Letztere. Vielleicht machten sich die Krankenschwestern einen Spaß daraus, mich im Unklaren über das Alter der Frau zu lassen? Weil sie wussten, dass es mich beschäftigen würde? Nein, für so etwas hatten sie jetzt bestimmt keine Zeit. Aber warum sagten sie mir dann nicht, wie alt die Frau war? Fanden sie es nicht nötig? Hielten sie mich vielleicht für einen lüsternen Kerl, der auf Dinge wie diese fixiert war?

Mich irritierte es allerdings selbst, dass der Gedanke an das Alter der Frau mich so sehr beschäftigte.

Man verlegte mich von der Ostseite in den Westtrakt.

Meine Befürchtung, gelangweilte Patienten würden meinen Umzug neugierig beobachten, erwies sich als unbegründet. Der Gang war menschenleer. An diesem Tag empfand augenscheinlich niemand Langeweile. Außerdem hatten die Abendnachrichten gerade begonnen.

»Dürfen wir stören …?«

Als die Oberschwester die Tür zu Zimmer 513 öffnete, vernahm ich ein leises »Herein«.

Ob sie schon über vierzig war? Oder doch noch in den Dreißigern?

Während man mich ins Zimmer schob, verursachte die Stimme ein Echo in meinem Kopf. Ich beschloss, mich von nun an im Zaum zu halten.

Sofort fiel mir die Trennwand ins Auge. Sie bestand aus einem mit blauem Stoff bespannten Stahlrahmen und war weder so hoch noch so massiv, dass man sich richtig abgeschirmt fühlte. Vom Bett dahinter konnte man jedoch nur das Fußende sehen.

»Das ist Herr Taura, von dem ich Ihnen erzählt habe«, stellte die Oberschwester mich der Frau vor.

Dann wandte sie sich mir zu und nannte mir den Namen der für mich unsichtbaren Frau: »Herr Taura, das ist Frau Miyabayashi.«

»Angenehm«, sagte ich in Richtung der blauen Trennwand.

»Freut mich.«

Die Stimme klang so dünn und zart, als brächte die Frau die Worte nur mit Mühe hervor.

»Entschuldigen Sie die Unannehmlichkeiten«, sagte die Schwester. »Eigentlich ist es ja eine Zumutung, was wir da von Ihnen verlangen. Es handelt sich eben um einen Notfall. Wir bringen Herrn Taura zurück, sobald wir einen Teil der Verletzten auf andere Krankenhäuser verteilt haben. Ich danke Ihnen beiden sehr für Ihr Verständnis.«

Dann waren wir allein.

Die Frau war so still, als hielte sie den Atem an.

Seit die Oberschwester mich in meinem alten Zimmer aufgesucht hatte, war nicht einmal eine Viertelstunde vergangen.

Hatte ich allzu eilfertig zugestimmt, das Zimmer mit der Fremden zu teilen?

Unsere Betten standen viel näher beieinander, als ich es erwartet hatte. Trotz des Paravents war die Situation keineswegs alltäglich.

Zudem verstellte mir die Wand den Blick aus dem Fenster. Die Frau wiederum konnte den Fernseher nicht sehen, der sich auf einem Brett links über der Tür befand. Auch ich würde den Hals drehen müssen, um fernsehen zu können.

Ursprünglich war ihr Bett mit dem Kopfende zum Fenster postiert, während das Fußende zur Tür zeigte. Jetzt war es parallel zum Fenster gestellt und durch die Trennwand und das Extrabett völlig eingeengt.

Notfall hin oder her, hatte es denn wirklich keine andere Möglichkeit gegeben, als uns in ein Zimmer zu legen?

Vielleicht erlaubten sich die Schwestern einen schlechten Scherz? Nein, an einem Tag wie diesem würden sie das wohl nicht tun.

Die Frau hinter der Trennwand war offenbar nicht mehr ganz jung. War sie vierzig? Oder in den Dreißigern?

Konnten sich die Schwestern denn nicht die erotische Verwirrung eines Mannes in mittleren Jahren vorstellen?

Inzwischen bereute ich meine Entscheidung, rückgängig war sie jedoch kaum mehr zu machen. Ich spürte, dass die Situation mir zusetzte.

Die Frau seufzte leise. Aus nächster Nähe. Sie hatte also den Atem angehalten. Es war ein sehr sanfter Seufzer.

Ich wandte das Gesicht ab und verbat mir jede Reaktion.

Am liebsten hätte ich gesagt, sie solle mich in Ruhe lassen. Natürlich ließ sie mich in Ruhe. Sie hatte ja bloß geatmet. Ich war derjenige, der sich feindselig verhielt und sich bemühte, Gefühle abzuschirmen. Der Grund dafür war mir klar. Es war meine Frau.

Damit will ich sicher nicht ihr die Schuld geben.

Einen Tag nach meiner Verletzung erhielt ich ein längeres Telegramm von ihr:

Schockiert von Nachricht bezüglich Deines schweren Unfalls. Dachte, Dich sofort aufzusuchen. Enami hat telefonisch von Dir ausgerichtet, keine Umstände. Redaktionsschluss Februar-Ausgabe steht kurz bevor, nehme Dich beim Wort. Entschuldige. Gute Besserung. Toshie

Meine Frau gibt mit zwei Kolleginnen eine Stadtteilzeitung heraus, und ihre Entscheidung war sicher richtig. Gut, dass sie nicht eigens gekommen ist.

An sich ist ein Oberschenkelbruch keine komplizierte Angelegenheit. Selbst wenn ich aufgrund dieser Verletzung ans Bett gefesselt war, musste man nicht mit Komplikationen rechnen. Man hatte mir gesagt, dass die angrenzende Muskulatur kaum geschädigt war. Das Bein war geschwollen, und ich hatte Schmerzen und Fieber, aber das ließ sich für die nächste Zeit nicht ändern.

»Danke, du hast es ihr geschickt beigebracht«, lobte ich Enami, meinen Assistenten. »Sie könnte hier sowieso nichts tun. Bei einem Knochenbruch muss man eben still liegen. Nur um des Anscheins willen braucht sie nicht hierherzufliegen und ihre Arbeitszeit zu opfern.«

»Sie sind sehr verständnisvoll«, befand Enami in etwas mitleidigem Ton.

Im Prinzip hatte ich gewiss ein wenig mehr Mitgefühl verdient, doch was hätte es geändert, wenn meine Frau angereist wäre? Besser war, sie blieb zu Hause. Das machte es auch mir leichter, mich zu entspannen.

Nun erfuhr sie also am eigenen Leib, was es hieß, berufstätig zu sein. Ich spürte eine gewisse Schadenfreude, dass sie mich wegen ihrer Arbeit nicht besuchen konnte. Früher hatte sie mir ständig vorgeworfen, nur an meinen Beruf zu denken und alles andere dafür zu opfern.

Als unsere damals neunzehnjährige Tochter im Frühjahr vor vier Jahren plötzlich verkündete, sie wolle heiraten, verhielt sich meine Frau mit einem Mal merkwürdig.

Sie behauptete, ihr Leben für mich und unsere beiden Kinder aufgegeben zu haben, weinte und bewarf mich mit Gegenständen. Sie suchte daraufhin einen Arzt auf, der ihr Medikamente verschrieb, so dass sie oft tagelang benommen war oder in einen Dauerschlaf verfiel.

In jenem Herbst heiratete unsere Tochter einen sechsundzwanzigjährigen Angestellten eines Elektrokonzerns und zog aus. Danach fing meine Frau an, ehrenamtlich für eine Stadtteilzeitung zu arbeiten. Von diesem Zeitpunkt an lebte sie auf.

Ein halbes Jahr später beendigte sie ihre Tätigkeit dort und gründete – zu meiner Überraschung – ein eigenes kleines Magazin, das sich ausschließlich aus Werbeeinnahmen finanzierte.

Sie stellte sogar zwei Mitarbeiterinnen ein. Im ersten Jahr hatte sie es nicht leicht, mittlerweile war ihre Zeitschrift aber gut etabliert. Darüber hinaus verdiente sie zwei- bis dreihunderttausend Yen im Monat.

Kein Wunder, dass eine fähige Frau wie sie mit merkwürdigem Verhalten reagierte, wenn man sie dazu verpflichtete, sich fortwährend nur um die Familie zu kümmern.

Ich hatte daher, als man mich nach Nordjapan versetzte, selbst vorgeschlagen, allein dorthin zu ziehen. Sie wäre möglicherweise im Bewusstsein ihrer Pflicht mitgekommen, aber ich wollte sie nicht zwingen, auf ihren Beruf zu verzichten. Außerdem fing unser Sohn zu der Zeit gerade an zu studieren. So war es für alle das Beste gewesen, dass ich ohne die Familie in den Norden ging.

»Wirst du dich nicht furchtbar einsam fühlen?«, fragte meine Frau. Trotzdem wusste ich natürlich ganz genau, dass sie nicht die geringste Lust hatte mitzukommen.

»Es macht mir nichts aus«, betonte ich daher.

Zumindest war sie nicht mehr die depressive Ehefrau, die ständig an mir herumnörgelte. Auf keinen Fall wollte ich mich ihr gegenüber wieder schuldig fühlen müssen. Allerdings überkamen mich bisweilen Anflüge von Hass, die sich jedoch nicht nur gegen meine Frau richteten.

Ich hasste es zum Beispiel auch, wenn eine Krankenschwester mir das Fieberthermometer aus der Hand riss. Oder wenn ich eine jüngere Besucherin auf dem Gang »Also dann gute Besserung!« flöten hörte, dann riefen ihr Dialekt und ihre gekünstelte Anteilnahme meinen Widerwillen hervor. Und als mich einmal eine junge Mitarbeiterin unserer Filiale mit einem Nelkenstrauß besuchte, vermochte ich ihre unbeholfene Ausdrucksweise, ihre mangelnde Sensibilität, ihr hässliches und penetrant gesundes Äußeres kaum zu ertragen.

Tagelang beherrschte mich dieser unbezähmbare Hass. Dass er etwas mit meiner Frau zu tun hatte, war klar, denn nur Frauen lösten solche Gefühle in mir aus. Kurzum, offenbar wünschte ich mir eine Ehefrau, die sich für mich aufopferte und, ohne zu zögern, an meine Seite geeilt wäre. Mir selbst war mein Beruf immer wichtiger gewesen als alles andere in meinem Leben. So wäre es mir, als die Kinder noch klein waren, nie in den Sinn gekommen, frei zu nehmen, wenn meine Frau krank war. Deshalb konnte ich es ihr jetzt ebenfalls nicht vorwerfen, wenn ihre Zeitschrift ihr wichtiger war als ich. Sie hatte wie jeder Mensch ein Recht auf Eigenständigkeit und Selbstverwirklichung. Meine Ansprüche waren egozentrisch und unberechtigt. Und meine Frau machte sich sowieso keine Sorgen wegen meiner Verletzung, sie wollte mich eigentlich gar nicht sehen.

Überhaupt finde ich, dass das weibliche Ego häufig zu groß geraten scheint. Die Frauen zeigen uns Männern ein liebliches Gesicht, aber in Wahrheit sind sie unvergleichliche Egoistinnen, ohne aufrichtiges Mitgefühl für andere. (Andererseits habe ich mich selbst nie besonders um meine Frau gekümmert. Daher stehen mir derlei Klagen nicht zu.) Ich fragte mich, wie ich Frauen wie diese überhaupt begehren und umwerben konnte.

Eines Nachts war ich dann so weit, meine Gefühle distanziert betrachten zu können. Was stellte ich mich denn so an, und das auch noch in meinem Alter? Ich lachte über mich selbst, kläglich zwar, doch genoss ich es, wie mein Widerwille sich zusehends auflöste und verschwand.

Im Grunde war es eine Erleichterung, dass meine Frau sich ihren eigenen Interessen widmete. Um wie vieles besser war es so, als wenn sie hierhergeeilt wäre, um dann ihre schlechte Laune an mir auszulassen. Vielleicht war ich ein Stück einsamer geworden. Aber war das denn früher anders? Meine Erleichterung war ein Glück. Es fühlte sich an, als hätte ich mit einem Liebeskummer abgeschlossen, beinahe wie in meiner Jugend.

Als die Frau neben mir seufzte, hatte ich mich abgewandt. Ich wehrte mich gegen die in mir aufsteigende Erregung. Ich fürchtete sozusagen, in einen weichen Stoff zu fassen, in dem sich ein spitzer Metallgegenstand verbarg. Davon hatte ich genug.

Bedeutete dies, dass der Groll gegenüber meiner Frau nicht verebbt war?

Sogar nach Anbruch der Nacht waren noch immer der Lärm des schweren Räumgeräts und die Stimmen der Arbeiter zu hören, die zu uns herüberschallten wie von einem fernen Fest.

Während ich den blauen Stoff der Trennwand betrachtete, sagte ich: »Eventuell empfinden Sie es als störend …«

Ich hörte einen leisen Seufzer.

»Ja«, hauchte die dünne Stimme dahinter.

»Ich fühle mich ein wenig schuldig«, sagte ich. »Obwohl wir in einem Zimmer liegen, schweigen wir uns an.«

»Wieso schuldig?« Sie sprach wirklich sehr leise.

»Ich meine, der Mann ist doch verantwortlich, wenn zwischen ihm und einer Dame keine Unterhaltung zustande kommt, nicht wahr?«

Ich hörte, wie sie sich bewegte.

»Im Krankenhaus gelten vielleicht andere Regeln. Welche, weiß ich nicht.«

Kurze Pause.

»Ja.« Wieder sehr leise.

»Nur so viel.«

»Ja.«

»Das Abendessen kommt heute recht spät, nicht wahr?«

»Ja.« Nach einer kurzen Pause fügte sie hinzu: »Wirklich recht spät.«

In ihrem Tonfall schwang ein Lächeln mit.

Und dies allein genügte, mich entspannter werden zu lassen. Vielleicht lag es an ihrer sanften Stimme oder daran, dass sie meinen Annäherungsversuch nicht zurückgewiesen hatte.

Bevor ich sie ansprach, hatte ich über verschiedene Formulierungen nachgedacht. »Sind Sie schon lange hier?«, hätte ich fragen können. Oder vielleicht seufzen und dann sagen: »Es tut mir leid. Diese Situation muss einigermaßen unangenehm für Sie sein.« Damit hätte ich meine Verlegenheit angesichts unserer unfreiwilligen Nähe zum Ausdruck gebracht. Oder ich hätte darüber sprechen können, wie sehr mich das Zugunglück überrascht hatte.

Nun war ich selbst erstaunt über meine Worte. Sie passten eigentlich nicht zu einem Mann, der stellvertretender Verkaufsleiter einer Fertighausfirma war. Wer würde schon auf eine solche Bemerkung eingehen? Dass meine Worte dennoch ganz selbstverständlich den blauen Stoff durchdrungen hatten und von meinem Gegenüber einfach nur ruhig aufgenommen worden waren, erfüllte mich mit Wohlgefühl.

Vielleicht bildete ich mir das auch nur ein, und sie war bloß zu krank, um sich über mein förmliches und affektiertes Benehmen lustig zu machen. Meine Freude über ihre Reaktion war völlig unbegründet. Ich war anscheinend seit ein paar Monaten wirklich nicht mehr ganz normal.

Von weitem hörte man den Essenswagen im Flur.

Eine Tür nach der anderen wurde unsanft geöffnet und wieder zugeknallt. Nein, vermutlich war es gar nicht unsanft, sondern klang nur so, wenn man im Bett lag.

»Abendessen. Entschuldigen Sie die Verspätung!« Die Stimme von Schwester Muraoka. War die Frau, die das Mittagessen so wortkarg serviert hatte, vielleicht krank?

Unsere Tür ging auf.

»Abendessen. Entschuldigen Sie die Verspätung!«

Ein Luftzug strömte vom Flur ins Zimmer, und ich fühlte mich verlegen, als hätte man mich mit einer Frau ertappt – ein lang vergessenes Gefühl.

»Ist Ihre Kollegin heute nicht da?«

»Das enttäuscht Sie wohl«, antwortete die Krankenschwester fröhlich, während sie eifrig herumhantierte. »Mindestens fünf Patienten haben schon nach ihr gefragt. Sie scheint ja sehr beliebt zu sein.«

»Nein, nein, ich bin sogar erleichtert. Sie sind mir viel lieber, Schwester Muraoka.«

»Danke schön! Das werde ich der Kollegin morgen dann ausrichten.«

»So eine sind Sie also. Dabei wollte ich nur ein Kompliment machen. Ich wollte Ihnen auch einen netten jungen Mann vorstellen, aber das haben Sie sich jetzt verscherzt.«

»Sie sind mir ja ein ganz Schlimmer, Herr Taura!« Die Schwester lachte vergnügt und verließ den Raum.

Sofort ergriff mich wieder Befangenheit gegenüber der Frau hinter der Trennwand.

Sie schwieg. Vielleicht lächelte sie, was ich natürlich nicht sehen konnte.

Dann aßen wir.

Klappern von Geschirr, Kaugeräusche, Trinkgeräusche.

»Ich habe gehört, Sie haben eine Verletzung ...«, sagte ich.

»Ja. Ein Lendenwirbel ist gebrochen.«

»Oh, das tut mir leid.«

Fast hätte ich gefragt, wie es dazu gekommen sei, verbat mir die Frage aber noch rechtzeitig. Hätte sie mir über sich erzählt, hätte auch ich von meinem Unfall berichten müssen, und das wollte ich nicht.

»Bei mir ist es das rechte Bein. Ich habe mir den Oberschenkel gebrochen. Die Stelle wurde mit einer Schiene fixiert, die aussieht wie eine mit Stoff umwickelte Leiter. Seit zehn Tagen liege ich schon hier.«

»Verstehe ...« Die Antwort war sehr leise.

Ich glaubte, sie hätte keine Lust mehr, sich zu unterhalten, und schwieg.

Wieder Geschirrklappern. Kaugeräusche. Trinkgeräusche.

Kurz nach neun Uhr kam eine Schwester und schaltete den Fernseher ein.

»Schauen Sie doch ein bisschen fern, Herr Taura«, sagte die erfahrene Schwester. Gelächter ertönte aus dem Gerät schräg über mir.

»Warum?«

»Tun Sie mir den Gefallen«, sagte sie und ging zu meiner Nachbarin.

Ich verstand nicht, was sie meinte, schaute aber zum Apparat hinauf.

In einem Privatsender lief gerade eine Quizsendung. Wenn ich schon fernsehen musste, wollte ich lieber einen Bericht über das Zugunglück sehen. Vielleicht zeigte man Bilder von den Arbeiten an der Unfallstelle. Das Unglück stellte sicher das Thema des Tages dar. Aber es war schon dreizehn Minuten nach neun, also waren die Nachrichten sowieso vorbei, auch wenn ich auf NHK umschalten würde.

Ich bemerkte einen schwachen Uringeruch.

Wenn ich nun meinerseits die Urinflasche benutzte, hatte ich dann ebenfalls zuvor den Fernseher einzuschalten? Und was sollte ich mitten in der Nacht tun?

Auch nach zehn Uhr konnte man noch die Leute am Unfallort arbeiten hören.

Die Frau sagte etwas. Zumindest bildete ich es mir ein.

»Bitte?«

Keine Antwort.

Das Licht war schon aus. Vielleicht hatte sie im Schlaf gesprochen.

Dinge, die man im Schlaf sagt. Das war etwas, vor dem ich mich fürchtete, und hatte deshalb bei der Aufnahme den Kollegen gedrängt, mir ein Einzelzimmer zu besorgen. Die Angst, belauscht zu werden, hätte mir den Schlaf geraubt. Schlimmstenfalls würde ich sogar weinen. Auf keinen Fall wollte ich, dass andere etwas davon mitbekamen. Ich schlief ohnehin schlecht und mochte meine Probleme nicht noch vermehren.

»Es ist mir peinlich«, sagte die Frau.

Ich wandte mich in ihre Richtung. Sie hatte gewiss nicht im Schlaf gesprochen.

»Wie bitte?«

»Ich führe manchmal Selbstgespräche. Wenn man die ganze Zeit in einem Einzelzimmer liegt, muss man nicht Acht geben. Deshalb ist es mir einfach herausgerutscht.«

»Ich habe nichts gehört.«

»Aber Sie haben doch ›Wie bitte?‹ gefragt.«

»Ja, weil ich nicht verstanden hatte, was Sie gesagt haben.«

»Das ist gut.«

»Ich spreche auch manchmal mit mir selbst. Aber Sie haben wirklich Recht. Hier hat man fast das Gefühl, allein zu sein. Vielleicht entschlüpft mir auch einmal ein Wort.«

»Ich werde versuchen, es zu überhören.«

»So werde ich es auch halten.«

Schweigen.

Von weit her erklang das Kreischen großer Metallteile, die bewegt wurden.

Wie alt mochte die Frau sein? Ihrer Stimme nach schätzte ich sie zwischen Ende dreißig und Anfang vierzig. Da die

Stimme dünn und leise klang, stellte ich mir eine zierliche, schlanke Frau vor. Ob sie hübsch war oder nicht, darüber wollte ich nicht weiter grübeln. Meist täuscht man sich ohnehin.

»Darf ich Sie noch einmal stören?«

»Bitte. Ich kann heute sowieso nicht einschlafen.«

Damit sie nicht dachte, dies sei ein Vorwurf, fügte ich eilig hinzu: »Das Zugunglück hat mich sehr aufgewühlt. Im Inneren bin ich hellwach.«

Sie sagte nun etwas, das ich zunächst nicht ganz verstehen konnte – *shishuu* –, das konnte bedeuten »Stickerei« oder »Gedichtsammlung« oder auch »Geruch des Todes«.

»In einem Gedicht also ...«

»Ach, in einem Gedicht. Ich war mir nicht sicher, was Sie meinten.«

»Klingt meine Aussprache seltsam?«

»Was meinen Sie mit ›klingt seltsam‹?«

»Nun, ist meine Aussprache anders?«

»Aber nein. Die Wörter werden ja fast gleich ausgesprochen. Da kann man sich schon mal verhören.«

»Ich bin aus Yokohama.«

»Sie leben da?«

»Ich bin dort geboren.«

»Natürlich, das ist sicher nicht Ihr jetziges Zuhause.«

»Sie leben in Tokio, nicht wahr?«

»Ja, aber meine Situation ist ungewöhnlich für eine Frau.«

»Es ist schon länger her.«

»Wie bitte?«

»Eine lange Zeit hier ...«

»Oh.«

»Ich habe den Akzent angenommen.«

»Eine leichte Färbung ist doch sehr hübsch ...« Ich sprach den Satz mit Absicht nicht zu Ende.

Als jemand, der in Tokio geboren wurde, reagiere ich sehr sensibel auf den Dialekt einer Frau. Klingt er fremd, betrachte ich sie instinktiv als die Frau eines anderen Mannes, was für mich einen sexuellen Reiz ausmacht. Aber das konnte ich ihr ja schlecht sagen.

»Also in einem Gedicht ... ach nein, ich will Sie nicht weiter belästigen«, sagte sie.

»Bitte, fahren Sie fort. Zeit habe ich mehr als genug.«

»Es ist mir peinlich, in meinem Alter von Gedichten zu sprechen.«

»Aber wieso denn? In meiner Jugend habe ich auch sehr gerne Gedichte gelesen. Vielleicht häufiger als andere Menschen.«

»Haben Sie auch welche geschrieben?«

»Nein, nur gelesen.«

»Ich verstehe.«

»Seit ungefähr fünfundzwanzig Jahren arbeite ich in der Verkaufsabteilung einer Firma. Mir scheint, zuvor wäre ich ein anderer gewesen.«

»Haben Sie sich so sehr verändert?«

»Ich glaube ja,« sagte ich, und im selben Moment war es mir schon unangenehm, als hätte ich mich ihr gegenüber gebrüstet. »Im Grunde ist es nicht schade, dass ich mich verändert habe«, fügte ich als eine weitere unnötige Bemerkung hinzu.

Sie schwieg.

»Entschuldigen Sie. Von welchem Gedicht wollten Sie sprechen? Oder von welchem Gedichtband?«

»Mir geht es ebenso.«

»Bitte?«

»Auch ich habe mich verändert«, sagte sie.

»Sie müssten ein Geist sein, wenn Sie das nicht getan hätten«, warf ich ein.

Wieder sehr unpassend. Hätte ich ihr doch einfach zugestimmt.

Sie schien keinen Anstoß an meinen Worten zu nehmen und fuhr fort.

»Gedichte sind mir jetzt sehr fern. Ich weiß gar nicht, warum ich davon angefangen habe.«

»Vielleicht, weil Sie im Krankenhaus liegen. Mir geht es ähnlich. Durch die Distanz zu meiner Arbeit scheint mein längst vergessenes Ich allmählich wieder zum Vorschein zu kommen.«

»Es ist aber gar nicht so lange her.«

»Was denn?«

»Dass ich das Gedicht gelesen habe.«

»Ach so.«

»Als ich meine Familie in Yokohama besucht habe, las ich immer die Gedichtseite in der Zeitung.«

»Meinen Sie die Seite ›Ein Moment für ein Gedicht‹?«

»Nein, die nicht. Eine ähnliche.«

»Verstehe.«

»Folgendes Gedicht: ›Der Vater mit achtzig Jahren‹ …«

»Ja.«

»›… liegt krank im Bett, seine Gedanken nicht mehr klar …‹.«

»Ja.«

»Plötzlich ruft er: ›Mutter‹. Vielleicht war es auch ›Mama‹.«

»Aha.«

»Ich fürchte mich davor.«

»Hm?«

»Vor dem, was ich sagen würde – in einem solchen Zustand.«

»Verstehe.«

Ich konnte ihre Gedanken nachvollziehen. Was würde eine Frau in diesem Moment sagen? Was könnte sie preisgeben? Den Namen eines anderen Mannes? Wollte sie mir zu verstehen geben, sie würde nicht den ihres Ehemanns rufen? Wollte sie mir das sagen? Und wenn, führte sie mich damit nicht nur an der Nase herum?

»Das Thema Selbstgespräche.«

»Bitte?«

»Es hat mich auf das Gedicht gebracht.«

»Ach so.«

»Ich sage am häufigsten vor mich hin ›Ich will nicht‹.«

»Wenn Sie Selbstgespräche führen?«

»Ja. Ich sage oft ›Ich will nicht‹.«

Hatte sie mir nicht gerade erklärt, es sei ihr peinlich, wenn jemand ihre Selbstgespräche mit anhörte? Und jetzt erzählte sie mir davon.

»Haben Sie das vorhin gesagt?«, fragte ich.

»Nein.«

»Was haben Sie denn gesagt?«

»Das möchte ich nicht verraten.«

Allmählich kam mir die Sache albern vor, doch das Gespräch hier abzubrechen schien mir auch nicht richtig. Darum fragte ich sie: »Was hassen Sie am meisten?«

»Einfach alles. Alles und jedes.«

Vielleicht war sie doch jünger, als ich gedacht hatte.

»Herr Taura ...«

Die Frau nannte mich bei meinem Namen. Das ließ mein Herz höher schlagen. Sicher, die Schwester hatte uns bereits einander vorgestellt, doch die Anonymität der Trennwand war plötzlich wie weggewischt.

Wie war noch einmal der Name der Frau? Ich konnte mich nicht erinnern.

Vielleicht hatte ich ihn mir nicht merken wollen. Eine unbewusste Entschuldigung bei meiner Frau, weil ich nun mit einer Fremden allein in einem Raum zusammen war – wenn auch nur unfreiwillig und keineswegs, weil ich mich für sie interessierte. Oder aber ich wollte die Wirklichkeit aus dieser geheimnisvollen Nacht verbannen, in der nur ein Stellschirm die Frau und mich trennte?

»Bitte?« Wieder waren mir ihre Worte entgangen.

»Und was sagen Sie, wenn Sie mit sich selber sprechen, Herr Taura?«

»Ich?«

»Ja, Sie.«

»Was sagen Sie?«

Ich zögerte einen Moment.

»Entschuldigen Sie«, fuhr sie schnell fort. »Sie möchten es

mir sicher nicht erzählen.« Sie lachte kurz auf. »Was plappere ich nur so albern daher?«, meinte sie plötzlich mit zitternder Stimme. »Ihnen so eine Frage zu stellen.« Ihre weibliche Verwirrung, die sich im Schwanken der Stimme zeigte, erregte mich.

»Das macht überhaupt nichts«, tröstete ich sie. Aber ein bisschen unangenehm war es mir doch. Das übliche Frauengerede, erst sich beschuldigen, dann sich bemitleiden. »Außerdem sind Sie gar nicht albern.«

»Für gewöhnlich rede ich nicht so viel.«

»Sie liegen schon länger in einem Einzelzimmer, nicht? Da ist es ganz normal, wenn man das Bedürfnis hat, sich mitzuteilen, oder?«

»Ich sollte eigentlich längst schlafen ...«

»Wie Sie möchten.«

»Ja.«

»Also dann schlafen wir.«

»Gut.«

Damit war das Gespräch beendet. Doch irgendetwas hing noch in der Luft.

Noch immer war der Lärm von der Unfallstelle zu hören.

»Entschuldigen Sie«, sagte ich.

»Ja?«

»Ich müsste vor dem Schlafen noch einmal die Flasche benutzen.«

»Bitte.«

»Verzeihen Sie, aber ich weiß nicht recht, wie ich mich in dieser Situation verhalten soll.«

»In so eine Lage gerät man nicht jeden Tag.«

»Allerdings.«

Ein Mann und eine Frau, ihre Betten nahe beieinander …

»Tun Sie sich bitte keinen Zwang an«, sagte sie.

Über diesen Satz mussten wir beide ein bisschen lachen.

Natürlich hatte ich wegen der unvermeidlichen Geräusche Hemmungen, und sie zog rücksichtsvoll unter großem Geraschel ihre Bettdecke zurecht. Leider verpasste ich den günstigen Augenblick, und das Plätschern hallte laut im Raum wider.

Ob die Lust, die ein Mann empfindet, wenn eine unbekannte Frau ihn beim Urinieren belauscht, sadistischer oder eher masochistischer Natur ist?

»Es gibt da ein bekanntes Gedicht mit dem Titel ›Die Waschschüssel‹«, sagte ich.

»Von Mitsuharu Kaneko.«

»Ach, Sie kennen es?«

»Ja.«

Das Gedicht handelt von einer Prostituierten in Kanton. Der Anfang beschreibt das Gefühl der Verlorenheit, das sich einstellt, wenn die Prostituierte vor Ankunft der Freier in eine Waschschüssel uriniert.

»Die ersten beiden Zeilen lauten: ›In der Waschschüssel ertönt ein einsamer Klang‹.«

»Ja, ich erinnere mich«, antwortete sie.

Ich legte die Flasche beiseite und fuhr fort: »›Abenddämmerung in Tanjung, Regenstimmung am Hafen‹.«

Ich war über mich selbst erstaunt. Es war merkwürdig, wie

gut ich mich an ein tief im Gedächtnis versunkenes Gedicht erinnerte, das ich vor fast dreißig Jahren gelesen hatte.

»›Endlos hallt er wider in meinem müden, matten Herzen‹«, konnte ich die nächsten Zeilen aufsagen.

»›Solange mein Leben noch währt, müssen meine Ohren ihn hören, den einsamen Klang der Waschschüssel‹.«

»Sie erinnern sich gut«, sagte die Frau.

Ich war selbst überrascht. Das hätte ich nie für möglich gehalten und war stolz, vor einer Frau so mühelos ein Gedicht zitieren zu können.

»Ich kann selbst kaum glauben, vor einer Dame, die ich kaum fünf Stunden kenne, Wasser lassen zu müssen«, sagte ich absichtlich unverblümt. Ich spürte den Anflug eines sinnlichen Kitzels.

»Ja, wirklich …«

Sie schien sich jedoch zu amüsieren. Wir schienen uns etwas näher gekommen zu sein.

»Was das Selbstgespräch betrifft: ich seufze laut«, ergänzte ich.

»Sie seufzen?«

»Das ist die häufigste Art von Selbstgespräch, die ich führe.« Ich bemühte mich um einen möglichst heiteren Ton.

»Das soll ein Selbstgespräch sein?«, fragte sie mit ebenso munterer Stimme.

»Aber ja. Haben Sie nicht schon oft im Zug oder anderswo gehört, wie jemand laut aufseufzt? Aaah – genauso passiert es mir. Ihnen nicht?«

»Doch, stimmt.«

»Sie sagen also auch ›Aaah‹?«

»Ja, wenn mir etwas einfällt, das ich nicht ertragen kann. Dann hasse ich mich selbst und denke, ich kann nichts ändern.«

Die Stimme der Frau klang weiterhin fröhlich. Das brachte mich dazu, redselig zu werden.

»Entschuldigen Sie, dass ich mich heute Abend so in Szene setze. Sogar Gedichte sage ich auf.«

»Darf man das denn nicht?«

»Bestimmt führe ich nachher noch Selbstgespräche.«

»Warum denn?«

»Weil mir alles so peinlich ist.«

»Was ist Ihnen peinlich?«

»Mein Benehmen passt nicht zu mir.«

»Meinen Sie? Ihrer Stimme nach würde ich das nicht glauben.«

»Ich bin stellvertretender Verkaufsleiter bei einer Fertighausfirma.«

»Darf ein Verkaufsleiter denn keine Gedichte rezitieren?«

»Ich bin ja selbst erstaunt. Ich hätte nicht gedacht, dass ich mich noch so gut erinnern kann.«

»Mir hat es sehr gefallen.«

Der Klang ihrer Stimme hatte sich verändert und ließ sie mir als eine andere Person erscheinen. Ich verspürte den starken Drang, die Trennwand beiseitezuschieben.

»Nein, das sollten wir nicht tun«, sagte ich.

»Was nicht tun?«, fragte sie.

»Wir wollten doch schlafen, aber wir reden immer noch.«

»Wie auf einer Klassenfahrt.«

»Haben Sie es damals auch so gemacht?«

»Was gemacht?«

»Nachts mit Jungen geredet, wie jetzt mit mir?«

»Natürlich nicht. Ich war auf einer Mädchenschule.« Sie lachte.

»Ach so.«

»Es wäre schade, jetzt zu schlafen.« Sie schwieg einen Moment und fügte dann leise hinzu: »Aber was rede ich denn da?«

»Sie haben völlig Recht«, pflichtete ich ihr eilig bei. »Ich fände es auch schade, jetzt einzuschlafen.«

Sie schwieg.

»Warum sollten wir? Morgen sind wir wieder in separaten Zimmern und können schlafen, so viel wir wollen.«

»Es wäre wirklich zu schade.«

»Ganz meiner Meinung. Wir verstehen uns eben gut.«

»Die Stimmung kenne ich von irgendwoher. Sie erinnert mich an frühere Klassenfahrten.«

»Ja, mich auch. Wir haben damals sogar Kissenschlachten und Ähnliches gemacht.«

»Eigentlich merkwürdig, oder?«

»Was denn?«

»Eine Frau unterhält sich meist mit ihrem Geliebten oder ihrem Mann über solche Dinge.« Ihre Stimme klang plötzlich traurig.

»Es kommt selten vor, dass ein Ehepaar die Nacht durchplaudert, nicht? Man tut das Übliche. Aber mit Freunden schon. In der Studentenzeit redeten wir endlos, wollten einfach nicht schlafen.«

»Im Bett wurde nie gesprochen. Er umarmte mich, nahm meinen Körper.«

Was sollte ich dazu sagen? War es die Trennwand, die sie dazu verleitete, einem Fremden derlei Dinge anzuvertrauen? Oder entsprangen diese Bekenntnisse nur der mangelnden Sensibilität einer Frau mittleren Alters?

Von fern war wieder das Geräusch von Metall zu hören.

»Das Gleiche«, setzte ich nach einer Weile an, als ich bemerkte, dass sie in Schweigen versunken war. »Das Gleiche hat mir meine Frau auch immer vorgeworfen. Vielleicht sind Männer so. Der Ihre ist sicher nicht einer der besonders rücksichtslosen.«

»Ich werde es tun«, sagte sie. Die Worte klangen leise, wie abgelesen.

»Was sagten Sie?«

»Das war das Selbstgespräch, das Sie vorhin nicht mitbekommen haben.«

»Aha.«

»Ich sagte ›Ich werde es tun‹.«

Eigentlich hätte ich jetzt fragen müssen, was es war, das sie tun wollte, fürchtete aber, es käme so etwas wie »meinen Mann umbringen« heraus und ich müsste die ganze Nacht mit ihren langwierigen Klagen verbringen. Also schwieg ich lieber.

»Nicht, dass ich etwas Konkretes vorhätte. Ich möchte nur irgendetwas tun, einen Vertrauensbruch, einen Verrat begehen, etwas, das meinen Mann in Schwierigkeiten bringen würde. Aber …«

»Aber?«

»Mein Hass ist längst vergangen. Nur dieser Satz ist davon übrig geblieben, wie eine fixe Idee.«

Sie atmete tief aus und schien sich zu beruhigen.

Auf dem Gang waren schlurfende Schritte zu hören. Eine Tür quietschte. Dann das Geräusch der hölzernen Toilettensandalen.

»Wollen Sie es mit mir machen?«, fragte sie ruhig.

Ich starrte auf die Trennwand.

»Was machen?«

»Mich vergewaltigen.«

Stumm und bläulich schimmernd stand der Paravent in der Dunkelheit. Dennoch spürte ich, dass die Frau mich ansah, spürte die unmittelbare Nähe ihres Körpers. Ich konnte sogar sein Gewicht fühlen.

Ich lachte leise. Es klang fast wie ein Seufzer. »Wie niederträchtig von Ihnen. Beinahe hätte ich Lust dazu.«

»Ich meine es ernst.«

»Wie soll das gehen? Wir können uns beide nicht bewegen.«

»Ich habe noch nie so nah bei einem fremden Mann gelegen.«

»Wenn man möchte, gibt es doch manche Gelegenheit, oder?«

»Wirklich? Haben Sie denn öfter eine derartige Gelegenheit?«

»Nein, eher nicht. Ich habe noch nie neben der Frau eines anderen Mannes gelegen.«

»Bitte verstehen Sie mich nicht falsch. Und glauben Sie

nicht, ich würde mir einen Scherz erlauben. Das ist kein Scherz.«

»Aber ich kann mich ja nicht einmal bewegen.«

»Vielleicht habe ich es gerade deshalb gesagt.«

»Ach so.« Ich atmete auf. »Sie haben mir direkt einen Schrecken eingejagt.« Ich lachte leise.

»Ich möchte mir nicht nur einen Spaß mit Ihnen machen.«

Ihr ernster Ton änderte sich nicht.

»Wenn Sie das Angebot einem bewegungsunfähigen Mann machen, ziehen Sie ihn doch auf.«

»Klingt es für Sie danach?«

»Eigentlich nicht, aber man kann sich ja auch mit ernster Stimme über jemanden lustig machen.«

»Männer sind sehr misstrauisch. Sie mögen es nicht, wenn man sie aufzieht, nicht wahr?«

»Mögen Frauen das denn?«

»Nein, ich ziehe Sie nicht auf. Und verrückt bin ich auch nicht.«

»Ich würde Ihnen gerne entgegenkommen, aber wie?«

»Sie meinen also, es geht nicht?«, fragte sie herausfordernd. Aber wozu forderte sie mich heraus? Ich starrte weiter auf die Trennwand.

Wie sollte ich mit meinem gebrochenen Oberschenkel in ihr Bett gelangen?

Ich bildete mir ein, durch den blauen Stoff ihr blasses Gesicht und ihren durchdringenden Blick zu spüren, obwohl das in Wirklichkeit unmöglich war.

»Die Trennwand«, sagte ich, »soll ich sie entfernen?«

Ich wollte ihr Gesicht sehen. Inzwischen war ich überzeugt, dass sie schön war.

»Nein. Bitte nicht, auf keinen Fall …«

Ihre schwache Stimme klang so entschlossen, dass ich etwas erschrak.

»Bitte, nur mit Ihrer Stimme.«

»Mit meiner Stimme?«

»Ja, sprechen Sie mit mir. Ich öffne jetzt mein Nachthemd.«

Ich hörte, wie sie die Bettdecke zurückschlug und ungeduldig an ihrer Kleidung nestelte.

Das brachte mich ein wenig in die Realität zurück, doch als ich durch die Trennwand ihren Atem und das leise und aufgeregte Rascheln ihrer Kleidung hörte, zweifelte ich an meinem schwindenden Interesse. Außerdem wollte ich sie nicht in Verlegenheit bringen. Auf der anderen Seite hasste ich mich für diese Gedanken.

»Würden Sie«, sagte sie mit bebender Stimme, »Ihre Hand auf meine Brust legen?«

»Ja … mache ich.«

Wie banal das klang. So ohne weiteres konnte ich mich nicht in ihre Welt begeben.

»Ich strecke nun meine rechte Hand zu Ihnen hinüber«, sagte ich.

Meine Stimme klang irgendwie zu nüchtern.

»Ja«, antwortete sie.

»Ich berühre Ihre rechte Brust«, fuhr ich fort.

»Ja.«

»Wie schön sie ist.«

Fiel mir denn nichts Besseres ein? Ich wurde nervös.

»Sie haben eine zarte, helle Haut …«

»Ja.«

»Ihre Brustwarze …«

»Hm.«

»Ich drücke sie.«

Auf keinen Fall durfte ich lachen. Ich musste mich konzentrieren, mich auf die Situation einlassen. Ich hörte, wie sie schwer atmete, hörte, wie sie ihre Brüste massierte. Ich wusste nicht, was ich weiter äußern sollte, und lauschte ihrem Stöhnen.

Ich wollte diese Intimität nicht zerstören und musste zugeben: »Ich weiß nicht, was ich jetzt sagen soll.«

»Sie brauchen nichts zu sagen.«

»Ich kann so etwas nicht besonders gut.«

»Sagen Sie einfach gar nichts.«

Ich hörte sie atmen.

»Ich möchte Sie sehen.«

»Nein!«

»Doch, ich will.«

Ich berührte die Trennwand.

»Nein!« Ihr Ton war sehr scharf.

Ich zog meine Hand zurück.

»Entschuldigen Sie.«

»Mit der Trennwand ist es viel schöner. Nur weil sie da ist, kann ich etwas so Schamloses tun …«

»Wir Männer haben immer Angst, die Frauen falsch zu verstehen. Nie sind wir sicher, ob wir sie beim Wort nehmen dürfen oder nicht.«

»Mich können Sie beim Wort nehmen.«
»Haben Sie nur Ihre Brust entblößt?«
»Ja.«
»Unten würden Sie sich nicht entkleiden ...?«
»Nein, aber ...«
»Sie könnten die Hand dorthin legen.«
»Ja.«
»Ich möchte meine Hand dorthin legen.«
»Ja.«
»Ihr Schamhaar ... ist es dicht?«
»Nein, eher ...«
»Zart.«
»Ja.«
»Tatsächlich. Können Sie Ihre Beine ein wenig mehr spreizen?«
»Ich versuche es.«
»Bitte, machen Sie es mir leichter, Sie zu fühlen.«
»Ja.«

Ich konnte mich nicht ganz verlieren, musste im Gegenteil angespannt bleiben. Konzentrierte ich mich nicht, bestand die Gefahr der Ernüchterung. Doch dann gaben wir uns spielerisch allerlei Obszönitäten hin, stöhnten heftig, nahmen die feuchten Finger zu Hilfe, vereinigten unsere Körper. Ich drang in sie ein. Die Frau schrie »Tiefer, noch tiefer!«. Wir liebten uns wollüstig, liebten uns durch Worte, bis ich in ein Papiertaschentuch ejakulierte.

Zum ersten Mal seit Längerem. In den letzten Monaten war mir mein sexuelles Verlangen fast ganz abhandengekommen.

Kurz nach halb sieben am nächsten Morgen vernahm ich eilige Schritte im Gang.

»Guten Morgen!«, rief die Oberschwester, während sie die Tür weit aufriss. Energisch wurde ein Rollbett ins Zimmer geschoben.

»So funktioniert das nicht!«, sagte die Oberschwester.

Rasch schob man das Bett wieder auf den Gang hinaus.

»Geht es nicht rein?«, fragte eine männliche Stimme.

Ohne darauf zu antworten, kam die Schwester ins Zimmer und lächelte mir zu.

»Jetzt werden wir Sie mal wieder nach drüben bringen«, sagte sie und bückte sich. »Ihr Bett hat ja Rollen. Wir lösen die Sperre und ziehen es nach draußen.«

»Jawohl, so.«

Die Nachtschwester kam ins Zimmer und sah ebenfalls unter dem Bett nach.

»Mach mal die Stopper los«, sagte die Oberschwester.

»Wohin bringen Sie mich?«, fragte ich.

»Auf 501 natürlich.« Sie nannte die Nummer meines vorigen Zimmers und richtete sich auf.

Die Nachtschwester stieß mit dem Po gegen die Trennwand und drehte sich um. »Ach, die brauchen wir doch nicht mehr«, sagte sie und schob sie einfach beiseite.

Die Frau dahinter stieß einen Schrei aus.

Ich versuchte einen Blick auf sie zu erhaschen.

»Was ist denn?«, fragte die Schwester, während sie den Wandschirm weiter nach hinten zum Bettende rückte.

Die Frau drehte sich mit geschlossenen Augen von mir weg.

Dennoch erhielt ich einen kurzen Eindruck von ihrem Profil und erschrak.

Sie war alt.

»Was ist los mit Ihnen?«, fragte die Schwester.

»Nichts«, sagte die Frau ergeben, die Augen immer noch geschlossen. Ihr graues Haar und die Farbe ihrer stumpfen, welken Wangen brannten sich mir ins Gedächtnis.

2

Etwa anderthalb Monate später versetzte man mich in die Abteilung für besondere Projekte der Zentrale in Tokio.

Wir waren dort zu sechst: ein Abteilungschef, drei festangestellte Sachbearbeiter, eine Frau mit einem Jahresvertrag und ich. Die Sonderabteilung war noch auf Anweisung des im vorigen Sommer verstorbenen Firmenpräsidenten gegründet worden und diente als eine Art Auffangbecken für Mitarbeiter, für die man anderweitig keine Verwendung mehr hatte – für Versager eben.

Der etwa fünfunddreißigjährige Imori hatte in der Filiale in Tsudanuma gearbeitet. Er war wegen eines Geschwürs am Zwölffingerdarm in die Sonderabteilung versetzt worden. Nur vorübergehend, wie er ständig betonte, damit er nicht zu uns anderen vier gezählt wurde, die – der Chef der Abteilung eingeschlossen – durch psychische Störungen auffällig geworden waren.

Ich war aus dem zweiten Stock eines Sushi-Restaurants gesprungen, in dem mein Kollege Enami den Empfang für eine Delegation des Schulamts organisiert hatte. Damals stand die Vergabe eines Bauauftrags für das Ersatzgebäude einer Mittelschule kurz bevor.

In der Sonderabteilung erhielt ich dank meiner bisherigen Leistungen und der Kulanz der Firma den Posten eines stellvertretenden Leiters. Damit sollte der Schock meiner Versetzung gemildert werden. Alle hatten hier irgendwelche leitenden Positionen inne. Der Chef erklärte uns, dies sei eine wohlmeinende Maßnahme des Vorstandes, damit wir nicht so hart auf dem Boden der Tatsachen aufschlugen.

Er hasste den Vorstand keineswegs für dessen unsensibles Mitgefühl, sondern behauptete sogar, wir sollten uns für die dergestalt erwiesene Güte dankbar zeigen. Seiner Meinung nach blieb Großmut nun einmal Großmut.

»Im Grunde leisten die sich mit uns einen enormen Luxus«, pflegte er zu predigen. Mein Kollege meinte, er imitiere dabei den Stifter der neuen Religion, bei der er Mitglied war. Sooft es ihm in den Sinn kam, schwärmte der Chef ohne die verschwendete Zeit zu bedenken ausgiebig davon, was es doch für »ein enormer Luxus« sei, für eine so nutzlose Abteilung »eigens eine Sekretärin einzustellen«. Obwohl man freilich davon ausgehen könne, dass die Maßnahme begrenzt sein würde. »Vor dem ersten Todestag des Präsidenten wird der Chef die Abteilung jedoch schon aus Gründen der Pietät nicht auflösen. Wir sind der Firma also zu ewigem Dank verpflichtet und dürfen die uns zuteilgewordenen Wohltaten nicht für selbstverständlich halten.«

Auch wenn er es nicht andauernd gesagt hätte, hatte ich gar nicht vor, das zu tun. In Wirklichkeit gab es für uns kaum Arbeit. Unser Büro war der Abteilung für Projektentwicklung unterstellt, und die wollten auf jeden Fall verhindern, dass »die Irren hier mitmischen«. Unser Chef akzeptierte diese Haltung. Wir sollten einfach nur die Zeit totschlagen und »uns nicht wichtigmachen«.

Das hatte zur Folge, dass sich Yoshiko Takamatsu, die befristete Schreibkraft, am meisten in Szene setzte. Obwohl sie erst einunddreißig war, nahm sie es sich heraus, den Chef herumzukommandieren: »Ich habe es Ihnen doch hundertmal gesagt. Benutzen Sie gefälligst eine Untertasse, wenn Sie Tee trinken.«

»Herr Taura!«, rief sie eines Abends laut und schlechtgelaunt nach mir. Es war Anfang März.

»Ja.«

»Wie oft soll ich Sie noch rufen?«

»Haben Sie denn schon öfter nach mir gerufen?«

»Natürlich, Herr Taura, Herr Taura …«

»Zweimal also.«

»Nein, nicht nur zweimal. Gerade eben habe ich Sie noch einmal gerufen.«

»Na gut. Was ist?«

»Ein Anruf für Sie.«

»Für mich?«

»Würde ich Sie sonst rufen?«

Da hatte sie natürlich Recht, aber in letzter Zeit bekam ich kaum Anrufe. Was nicht an der Kälte meiner Umgebung lag, sondern an meiner eigenen Neigung, Begegnungen aus dem Weg zu gehen. Telefonate waren mir zu einer Last geworden.

»Hallo?«

»Spreche ich mit Herrn Taura?«

Ärger war für mich in diesen Tagen eine seltene Emotion, als ich jedoch diese Stimme hörte, stieg in mir eine Übelkeit hoch, die einem Ärgergefühl sehr nahe kam.

Nie hätte ich es für möglich gehalten, dass sie sich bei mir melden würde.

Nach unserer Verlegung hatte ich weder versucht mich ihr zu nähern noch etwas über sie zu erfahren. Auch aus dem Gefühl heraus, dass es sie verletzen würde, ganz gleich, was ich tat.

Die Frau, die ich damals im Krankenhaus gesehen hatte, war zweifelsohne eine alte Frau gewesen.

Eine Weile war ich von heftigem Ekel ergriffen, aber als ich lang genug darüber nachgedacht hatte, kam ich zu dem Schluss, dass sie für ihr Alter ja nichts konnte. Ich war auch im Stande nachzuvollziehen, dass sie sich mit Hilfe der Trennwand als jüngere Frau ausgegeben hatte.

Auf jeden Fall war sie selbst am meisten gestraft, und ich wollte ihr nicht noch mehr aufbürden. Allein schon mich nach ihrem Befinden zu erkundigen, wäre zu viel gewesen. Für sie, so dachte ich, wäre es das Beste, wenn ich sie in Ruhe lassen und vergessen würde.

Abgesehen von ihrer Herkunft und ihrem persönlichen Hintergrund hätte es mich doch interessiert, wie alt sie wirklich war – sie musste auf jeden Fall über sechzig sein. War nur ihre Stimme nicht gealtert? Inwieweit dies möglich war und um wie viel jünger einen das erscheinen lassen konnte, interessierte mich, doch ich unterdrückte meine Neugierde.

Überdies befriedigte mich meine Zurückhaltung, da sie mir das Gefühl gab, erwachsen zu handeln.

Mitte Januar hatte man mich aus dem Krankenhaus entlassen, ohne dass ich wusste, ob sie noch da war oder nicht.

Als ich vor dem Haupteingang stand und zu meinem Fenster hinaufsah, vermied ich jeden Blick auf das Zimmer 513.

Dies alles geschah aus Rücksicht auf sie, und ich dachte, dass sie das empfunden haben musste, zumindest ein bisschen.

Den Anruf hätte ich an ihrer Stelle nicht gewagt. Die Peinlichkeit wäre mir zu groß gewesen.

»Taura am Apparat«, sagte ich mit bemüht emotionsloser Stimme.

»Mein Name ist Miyabayashi. Wir waren zusammen im Krankenhaus.«

Zusammen! Wie unsensibel und taktlos von ihr, mit diesem Wort an das Geschehen zu erinnern.

»Hallo?«

»Ja.«

»Können Sie sich an mich erinnern?«

Ihre Stimme klang jugendlich. Es war kaum vorstellbar, dass sie einer älteren Frau gehörte. Aber diese hatte ich gesehen.

»Hallo? Sind Sie noch da?«, sagte die junge Stimme wieder.

»Ja, bitte.«

»Also, können Sie sich ...«

»Ja, natürlich«, erwiderte ich streng.

Wie hätte ich das vergessen können? Ich hatte mich in die Sache hineinziehen lassen, dann sogar ejakuliert. Wie konnte sie annehmen, ich hätte es vergessen?

»Ich bin jetzt in einer öffentlichen Telefonzelle im Mitsui-Gebäude.«

Was hatte das mit mir zu tun?

»Wenn Sie gegen fünf Dienstschluss hätten, könnten wir uns vielleicht treffen ...«

Es war kurz nach vier.

»Nein, tut mir leid. Ich muss heute länger bleiben. Außerdem bin ich gerade in einer Besprechung«, sagte ich abweisend und legte einfach auf.

»Besprechung, schön wär's. Das war einmal«, ließ sich einer der Kollegen wehmütig vernehmen.

»Sie sollten Begegnungen mit anderen Menschen nicht vermeiden, Herr Taura«, belehrte mich der Abteilungschef. »Auch wenn es Ihnen schwerfällt. Sie müssen Kontakte pflegen.«

»Ja, aber das war ein Sonderfall.«

»Aha! Bestimmt ein Schuldeneintreiber!«, trumpfte Frau Takamatsu auf, als hätte sie etwas besonders Gescheites gesagt.

»Haben Sie einen Kredit aufgenommen?«, fragte der Chef.

»Selbstverständlich, wie jedermann. Bei der Firma und auch bei einer Bank zur Eigenheimfinanzierung.«

»Die schicken doch keine Eintreiber.«

»Mit Sonderfall wollte ich nur sagen, dass es sich um etwas Unerfreuliches handelte«, sagte ich.

»Ist eine Frau denn etwas Unerfreuliches?«, mischte sich Frau Takamatsu ein.

»Natürlich. Außer Ihnen selbstverständlich, Frau Takamatsu«, sagte der Abteilungsleiter.

»Eine Frau also?«, fragte der Chef. »Ein Rendezvous dürfen Sie nicht ausschlagen.«

»Oder ich treffe mich an Ihrer Stelle mit ihr.« Der Sachbearbeiter hob die Hand.

Die Belegschaft ließ ein höfliches Gelächter erklingen. Ich sah hinüber zu Imori, er trug einen gequälten Gesichtsausdruck zur Schau. Ich bemerkte, wie ich fast automatisch meinen Widerwillen unterdrückte.

Etwa zwanzig nach fünf verließ ich das Büro. Da ich der Letzte war, schloss ich ab. Den Schlüssel gab ich bei dem Vermieter ab, der einen Optikerladen im ersten Stock betrieb. Das war keine Vorschrift, versäumte ich es jedoch, konnte ich am nächsten Morgen nicht zu spät kommen. Nicht, dass ich mich je verspätet hätte …

Unser Büro befand sich auf der dritten Etage in einem alten vierstöckigen Gebäude, das zwischen der Koshu-Straße und den Wolkenkratzern von Shinjuku lag. Der Hauptsitz der Firma war an einem anderen Ort, in einem Hochhaus.

Ich brach auf in Richtung Bahnhof, unterwegs stets beunruhigt, ihr auf der Straße zu begegnen – deshalb hatte ich auch das Büro später verlassen. Nichts ließ auf ihre Anwesenheit schließen. Warum wollte sie mich überhaupt treffen?

Frauen waren schwer zu verstehen.

Auch meine eigene Frau war mir mitunter sehr fremd. An Frau Miyabayashis Stelle hätte sie aber niemals ein Wiedersehen mit dem Mann gewollt. Sie hätte ihn nur gehasst.

Die Frau hatte mir erzählt, ihr Elternhaus befinde sich in Yokohama. Ich überlegte, wer wohl in diesem Haus wohnte. Jedenfalls war sie dort zu Besuch und deshalb in der Stadt.

Ich musste nun die Fußgängerbrücke überqueren. Man

konnte den Bahnhof auch anders erreichen, aber das bedeutete einen längeren Umweg. Der Abteilungsleiter hatte einmal behauptet, man könne abhängig von der Wahl des Weges erkennen, wie jugendlich einer sei. Darüber hatten wir dann einen halben Tag lang ausgiebig diskutiert. Ohne feste Überzeugung nahm ich Partei für die Fußgängerbrücke und benutzte sie seither konsequent. Einer der Sachbearbeiter vertrat die Meinung, die Treppen seien für ältere Menschen zu anstrengend. Er mochte Recht haben. Ein ebener Weg strengt vermutlich weniger an, auch wenn er länger ist.

Die Brücke war meist nicht sehr frequentiert, doch nach fünf Uhr formte sich dort für eine kurze Zeitspanne ein Menschenstrom, von dem ich mich zum Bahnhof Shinjuku treiben ließ.

»Herr Taura?«, vernahm ich eine Frauenstimme unmittelbar hinter mir. Ich ging weiter, als hätte ich nichts gehört.

»Herr Taura!«

Eigentlich hätte ich mich jetzt umdrehen müssen, und ich registrierte, wie mir ein Mann dicht neben mir einen Blick zuwarf. Ich hielt jedoch nicht an, ging mit unverminderter Geschwindigkeit weiter.

Sie gab es auf, mich zu rufen, hielt aber offenbar nicht an. Ich spürte, dass sie weiter dicht hinter mir lief.

Was hatte sie vor? Was bezweckte sie mit einem Wiedersehen? Ahnte sie nicht, wie ich mich fühlte?

Als ich die Treppen hinunterging, stieg Ärger in mir auf.

Was dachte sie sich dabei? Warum den Vorfall nicht einfach auf sich beruhen lassen? Dann würde er sich mit der Zeit in eine schöne, melancholische Erinnerung verwandeln.

Ich beschleunigte meinen Schritt und kam am Fuß der Treppe an, drehte mich um. Hinter mir war ein Mann mittleren Alters. Ich blickte schnell an ihm vorbei, doch auch nach ihm kam niemand, der wie sie ausgesehen hätte. Ich fühlte mich zum Narren gehalten. Um keine Aufmerksamkeit zu erregen, entfernte ich mich von der Treppe, begab mich außer Reichweite der fremden Blicke.

Aus dem Augenwinkel erhaschte ich einen Blick auf eine Frauengestalt. Ich wandte mich um, schaute nach oben. Auf der rechten Seite der Treppe stand eine Frau im Kimono. Die Leute drängten an ihr vorbei.

Sie sah mich still an, ohne die Menschenmenge zu beachten.

Vermutlich starrte ich mit offenem Mund zurück. Die Frau war keineswegs alt. Ich schätzte sie auf ungefähr Anfang vierzig.

Sie verneigte sich.

Ich tat es ihr nach. Sie war nicht alt genug, um die Frau aus dem Krankenhaus zu sein. Ihr Blick galt jedoch eindeutig mir, sie hatte sich in meine Richtung verneigt, und sie hatte meinen Namen mit der gleichen Stimme gerufen wie in jener Nacht.

Langsam stieg sie die Treppe hinunter.

Würde hinter ihr die alte Frau erscheinen?

Nichts dergleichen, sie war allein.

Die Frau hatte kein graues Haar. Aber Haare konnte man färben.

Und die Haut? Auch die Haut kann man durch ein Make-up glatter erscheinen lassen, obwohl es dafür sehr dick aufgetragen sein müsste.

Sie war nicht übermäßig geschminkt.

»Mein Name ist Miyabayashi«, sagte sie.

Die gleiche Stimme wie damals.

»Ach …«

»Entschuldigen Sie, dass ich Sie so überfalle.«

»Nicht doch …«

Wie ich mich ihr zuwandte, bemerkte ich, dass sie etwas kleiner als ich war. Ihre Gesichtshaut war keineswegs so gealtert wie in meiner Erinnerung, sie hatte nur ein paar Fältchen um die Augen.

»Taura.«

»Entschuldigung …« Sie neigte nochmals den Kopf.

Nachdem mich der Gedanke an ihre Haut und ihre Haare nicht weiter beschäftigte, war auch mein Ärger verflogen.

Er hatte sich bereits zu verflüchtigen begonnen, als ich sie zuvor oben auf der Treppe gesehen hatte. Ich war erfreut und erstaunt über die elegante Erscheinung der Frau, die sich mir näherte. Von Kimonos verstehe ich nichts, dachte aber, dass sie ein kostbares Stück mit schönem Streifenmuster auf eine sehr feine Art trug. Ihre Kleidung erinnerte in keiner Weise an die, die Bardamen zu tragen pflegen.

Wahrscheinlich war sie überschlank, da sie so grazil wirkte. Ihr Gesicht vermittelte nicht den Eindruck von Abgezehrtheit. In ihrer Jugend hatten die großen Augen und die vollen Lippen ihre Züge vielleicht zu sehr beherrscht, doch nun waren sie durch die weicheren Konturen der mittleren Jahre angenehm gemildert.

»Wenn Sie etwas Zeit hätten, könnten wir kurz Tee trinken«, schlug sie vor.

Dieses Angebot auszuschlagen kam mir nicht einmal in den Sinn.

»In der Nähe vom Bahnhof ist jetzt alles voll. Am besten, wir gehen ein Stück zurück.«

Wir machten uns in Richtung der Hochhäuser auf den Weg.

Ich kannte ein paar Lokale, die um diese Zeit nicht so überfüllt waren. Eins von ihnen befand sich auf der Rückseite unseres Büros, aber ich wollte sie lieber in ein eleganteres Restaurant führen, in dem ich früher schon einmal gewesen war.

Unterwegs suchte ich nach Worten.

Ich hatte viele Fragen an sie, aber die, die mir einfielen, schienen mir nicht dazu geeignet, sie während des Gehens zu stellen.

»Seit wann sind Sie wieder in Tokio?« Das war wohl unverfänglich genug.

»Seit ungefähr einem Monat.«

»So lange sind Sie schon wieder hier?«

»Ich gehe auch nicht mehr zurück.«

»Zurückgehen« klang, als ob sie dort noch ein Zuhause hätte. Weiter zu fragen erschien mir aufdringlich, und wir setzten den Weg schweigend fort.

War es eine Krankheit gewesen, die diese schöne Frau damals so alt erscheinen ließ? Konnte es möglich sein, dass sich jemand innerhalb von drei Monaten in diesem Maße verjüngte?

Manchmal verlangsamte ich meinen Schritt, um sie verstohlen zu mustern. Sie lächelte mir einmal zu, dann wieder tat sie, als habe sie nichts bemerkt.

Das konnte alles gar nicht wahr sein. Die Frau an jenem Morgen war alt gewesen, mit grauem, dünnem Haar und zerfurchter bleicher Haut. Wie sehr ich auch mein Gedächtnis bemühte, ich kam zu dem Schluss, dass es sich unmöglich um die gleiche Person handeln konnte.

War sie vielleicht ihre Tochter? Mutter und Tochter haben oft sehr ähnliche Stimmen. Bei der Frau, die neben mir ging, erinnerte aber nur die Stimme an die alte Dame im Krankenhaus. Ich hatte damals ihr Gesicht tatsächlich nur für einen kurzen Moment gesehen. Niemand hatte mir etwas über sie erzählt, ihr wahres Alter kannte ich nicht. Nur einen Augenblick lang hatte ich eben den Eindruck gewonnen, sie wäre eine alte Dame.

Würde die Frau neben mir, wenn sie plötzlich krank würde, sich wieder in eine alte verwandeln? Man konnte kaum glauben, dass der Bruch eines Lendenwirbels so etwas bewirkte. Oder war das Ganze irgendein Trick?

Aber wer würde davon profitieren, mich auszutricksen? »Das Restaurant ist im dritten Stock«, sagte ich.

»Ja.«

»Im zweiten Stock sind Geschäfte und im dritten fast nur Büros, daher dürfte es nicht so voll sein.«

Ich drückte die schwere Eingangstür auf.

»Sie haben Recht«, sagte sie leise.

Es war nicht sehr geräumig, aber schön eingerichtet. Nur drei der Tische waren besetzt. Im Vergleich zur Hektik, die eine Etage tiefer herrschte, kam man sich hier vor wie in einer anderen Welt.

»Ein Stockwerk macht so einen großen Unterschied.«

»Ja, wirklich.«

Sie blickte mich an und nickte mir zu. Wieder hielt ich sie, so wie sie sich gab, für älter, aber das konnte nicht sein. Ich war achtundvierzig und sie allem Anschein nach höchstens zwei- oder dreiundvierzig. Allerdings ist es schwierig, das Alter einer schönen Frau zu schätzen. Vielleicht waren wir doch gleichaltrig …?

Beim Anblick ihrer Schönheit wollte ich nicht daran denken, dass sie ein falsches Spiel mit mir trieb.

Ich bestellte zunächst Kaffee und sagte ihr dann, was mich bewegte.

»Ich hätte mich schon früher bei Ihnen entschuldigen sollen, aber als Sie mich anriefen, war ich in einer Besprechung und leider nicht sehr zugänglich.«

»Ich muss mich entschuldigen, dass ich Sie einfach so im Büro angerufen habe.« Wieder verbeugte sie sich leicht.

»Ich würde Sie gern etwas fragen: Wie haben Sie mich gefunden?«

»Sie erwähnten im Krankenhaus, dass Sie bei der Zweigstelle Nordjapan arbeiten.«

»Nein, das meine ich nicht. Sie haben mich auf der Fußgängerbrücke angesprochen. Aber im Krankenhaus hatten Sie mich doch gar nicht gesehen?«

»Doch, das habe ich.«

»Wann denn nur?«

»Als Sie das Krankenhaus verließen, vom Fenster aus.«

Das Fenster war im fünften Stock.

»Und Sie konnten mich von da aus erkennen?«

»Nicht nur von dort.«

»Ich will Sie keineswegs bedrängen ...«

»Ich war vor Ihrem Haus.«

»In Kitami?«

»Ja.«

Kitami war eine kleine Haltestelle in der Nähe des Tama-Flußes an der Odakyu-Linie. Ich hatte dort vor sechs Jahren ein Haus gebaut, das man in etwa fünfzehn Minuten zu Fuß von der Station aus erreichen konnte.

»Ich habe Sie gestern Abend beobachtet, als Sie nach Hause kamen.«

»Es war doch schon dunkel.«

»Hell genug, um Sie zu erkennen.«

»Warum haben Sie mich denn nicht angesprochen?«

»Das wäre Ihnen unangenehm gewesen, oder nicht?«

In der Tat hätte ich meiner Frau nur ungern die Situation erklärt. Andererseits erschien es mir nicht ganz normal, dass jemand zu meinem Haus kommt, mich erkennt und dann, ohne ein Wort zu sagen, wieder geht.

»Die Forsythien in Ihrem Garten blühen herrlich. Auch Ihr Haus ist wunderbar.«

»Finden Sie?«

Meine Frau mochte die Häuser unserer Firma nicht. Deshalb haben wir mehr für unser Heim ausgegeben, als wir sollten. Es war aus Holz und viel teurer als ein Fertighaus.

Ich hielt die Produkte unserer Firma für nicht so schlecht und war ein wenig gekränkt, dass meine Frau sie ablehnte. Allerdings hätte ein Fertighaus mich vielleicht in den Verdacht gebracht, meinen beruflichen Erfolg zur Schau stellen zu wollen. Das wäre mir auch nicht recht gewesen, also hatte ich mich den Wünschen meiner Frau gebeugt. Und jetzt war mir ohnehin alles ziemlich egal.

»An jenem Morgen …«, begann die Frau.

»An dem Morgen im Krankenhaus?«

»Ja. Da haben Sie sicher einen ganz schönen Schreck bekommen.«

»Aber nein, wieso denn?«

»Ich hatte vorgegeben, jung zu sein, weil ich dachte, wir würden uns nie sehen.«

»Sie sind doch wirklich jung.«

»An jenem Morgen haben Sie das aber nicht gedacht, als Sie mich sahen.«

»Nein, da waren graue Strähnen in Ihrem Haar …«

»Nicht nur Strähnen, mein ganzer Kopf war grau.«

»So etwas soll ja vorkommen.«

»Was?«

»Dass jemand durch eine Krankheit oder vor Kummer über Nacht ergraut, obwohl er noch jung ist.«

»So war es aber nicht.«

»Eine Nebenwirkung der Medikamente?«

»Auch nicht.«

Ich hätte gern weitergefragt, aber offenbar wollte sie nicht mehr darüber sprechen, denn sie wechselte das Thema.

»Als ich aus dem Krankenhaus kam, habe ich mich

von meinem Mann getrennt.« Sie sagte diese Worte ohne Traurigkeit, als wären sie nur eine Feststellung der Tatsachen.

»Deshalb sind Sie in Ihr Elternhaus nach Yokohama zurückgekehrt.«

»Sie erinnern sich, dass es in Yokohama ist?«

»Sie erwähnten es.«

»Ich dachte nicht, Sie würden sich an so ein unwesentliches Detail erinnern.«

»Nun, eine solche Nacht erlebt man nur selten.«

»Ich wohne nicht mehr dort. Letztes Jahr ist mein Bruder gestorben, und jetzt leben nur noch meine Schwägerin und mein Neffe mit seiner Familie in dem Haus.«

»So leben Sie also allein?«

»Ja.«

Der Kaffee wurde gebracht.

Sie wartete, bis die Bedienung gegangen war, sah mich dann an. Schnell senkte sie wieder den Blick und seufzte leise, als zögerte sie, ihren Gedanken Ausdruck zu verleihen.

»Ist etwas mit Ihnen?«, fragte ich.

»Ja«, nickte sie und sagte, »ich bin wieder jung geworden.«

Das war nicht zu übersehen.

»Es ist nicht gefärbt.« Sie berührte ihr Haar.

»Das sollten Sie unbedingt für sich behalten«, lächelte ich.

»Für mich behalten?«

»Ja, als ein Geheimnis. Wenn andere Frauen herausfinden,

dass sie viel jünger werden, wenn sie ihre Männer verlassen, laufen sie doch scharenweise davon.«

Sie lachte. »Ich kenne ja niemanden, dem ich es erzählen könnte.«

»Niemanden?«

»Ich habe keine Freunde.«

»Auch nicht in Yokohama?«

»Ich habe Freunde, die ich schon lange nicht mehr gesehen habe. Aber ich kann sie nicht so einfach besuchen.«

»Warum denn?«

»Weil ich jünger geworden bin.«

»Das ist doch wunderbar.«

»Sie würden es aber vielleicht unheimlich finden.«

»Das glaube ich nicht. Sie sollten Ihre Jugendlichkeit ruhig zeigen.«

»Wenn ich es mir recht überlege, habe ich eigentlich nur Sie ...«

»Mich? Aber wir kennen uns nur eine Nacht.«

»Diese schönen Stunden waren eine Premiere für mich.«

»Für mich auch.«

»Ich habe aber doch vorgegeben, jung zu sein.«

»Vorgegeben kann man nicht sagen.«

»Sie haben sich gewiss hintergangen gefühlt, und das hat mir leidgetan. Es war auch sehr freundlich von Ihnen, sich später so zu verhalten, als wäre nichts geschehen.«

»Um ehrlich zu sein, die ganze Sache fühlte sich an wie ein Traum. Es war keine schlechte Erinnerung, im Grunde eine sehr schöne ...«

»Für mich auch.«

»Als Sie anriefen, befürchtete ich, die schöne Erinnerung würde verdorben. Ich wollte sie gern unverändert bewahren.«

»Verzeihen Sie mir.« Sie senkte den Kopf.

»Aber nein, jetzt, wo wir zusammensitzen, bin ich glücklich, Sie wiederzusehen.«

»Es war sehr selbstsüchtig von mir.«

»Ganz und gar nicht.«

»Ich wollte Ihnen unbedingt mein verjüngtes Ich zeigen, weil Sie mich so alt und grau gesehen haben.«

»Es klingt vielleicht nicht sehr originell, aber Sie sind wunderschön.«

»Ich war zunächst unschlüssig und wollte Sie nicht belästigen. Also habe ich vor Ihrem Haus auf Sie gewartet.«

»Ein Mann in meinem Alter kann sich etwas darauf einbilden, wenn eine Frau sich diese Mühe macht.«

Sie blickte auf die Uhr. »Wie lange haben Sie Zeit?«

»So lange Sie möchten. Ich mache neuerdings keine Überstunden mehr. Und es stört auch keinen, wenn ich spät nach Hause komme.«

Keine Überstunden bedeutete natürlich zugleich weniger Gehalt. Ein Spesenkonto hatte ich auch nicht, also aß ich abends in der Regel zu Hause. Meist waren meine Frau und mein Sohn noch unterwegs, und ich wärmte mir auf dem Herd oder in der Mikrowelle etwas auf, das meine Frau gekocht hatte. Mein Mahl wurde von den Quizsendungen um halb acht begleitet, von »World Association Game« oder vom »Quiz Derby«.

»Wir sollten unsere Genesung feiern!«, sagte ich beschwingt.

Ich überlegte kurz, ob ich genügend Geld dabeihatte, aber da ich die Preise in dieser Gegend kannte, kam ich zu dem Schluss, dass es reichen müsste.

Im Folgenden wurden die Dinge allmählich klarer und klarer.

Wir versuchten es zuerst in einem Restaurant mit japanischer Küche, aber alle Tische waren besetzt, die kleinen Tatami-Zimmer sämtlich reserviert. An der Theke gab es noch einige freie Plätze, doch dort befand sich eine Gruppe angetrunkener Männer zwischen dreißig und vierzig, die ständig lauthals lachten.

»Mir macht das nichts aus«, meinte Frau Miyabayashi.

»Oben gibt es noch ein anderes Lokal.«

Im 44. Stock nahmen wir einen Aufzug, der hoch zur 55. Etage fuhr. Eigentlich hätte ich ihr gerne die Wege erspart, aber die Männer an der Theke hätten sie sicher aufdringlich beäugt. Außerdem hegte ich seit meiner Rückversetzung nach Tokio eine starke Abneigung gegen energiegeladene Büroangestellte.

»Wenn Sie einen Augenblick warten könnten?«, sagte der Kellner in dem Restaurant im 53. Stock.

Er führte uns an die Bar, und wir nahmen mit dem Rücken zum Fenster Platz. Ich bestellte einen Campari Soda für sie und für mich einen Martini. Neben mir unterhielt sich ein europäisches Ehepaar mittleren Alters im Flüsterton.

»Wie schön.«

»Ja wirklich, finde ich auch.«

Was ihnen wohl so gefiel? Ich legte das Erfrischungstuch ab, das man mir gereicht hatte, und sah zu den beiden hin. Der Mann mit silbergrauen Haaren lächelte mir zu. Er schien zu fragen, ob ich mit angehört hatte, was er eben sagte. Dann sah er mich entschuldigend an.

»Verzeihen Sie, seit wir nach Tokio gekommen sind, haben wir noch kaum jemanden im Kimono gesehen. Heute haben wir das erste Mal die Schönheit dieser Bekleidung begriffen.«

Seine Frau, die hinter ihrem Mann saß, beugte sich vor und nickte bekräftigend.

»Ich gehöre zu den Menschen, die Kimonomuster nicht allzu geschmackvoll finden, aber einen so raffinierten Stoff würde ich gerne mit nach Hause nehmen.«

Ich bedankte mich bei den beiden. Meine Begleiterin blickte mich fragend an. »Was haben sie gesagt?« Als ich ihr das Kompliment weiterreichte, lächelte sie dem Ehepaar zu und bedankte sich leise.

Die beiden bedachten sie mit einem Nicken, und damit war das Gespräch beendet.

Unsere Getränke wurden serviert.

»Es stimmt.«

»Was denn?«

»Die Bemerkungen der beiden.«

»Ja, mir gefällt der Stoff auch ganz gut.«

»Er meinte nicht nur den Kimono.«

»Doch, natürlich«, widersprach sie.

»Keineswegs.« Ich wollte auf meiner Meinung beharren, dass das Lob ihrer Schönheit gegolten habe, aber der Barkeeper war zu nah.

»Auf Ihr Wohl.« Rasch ergriff sie ihr Glas, wie um meinen Komplimenten zu entgehen.

»Auf das Ihre.«

Plötzlich wurde mir etwas bewusst. Ich wurde ein wenig blass: Wie hatte ich mich mit dem Ehepaar aus Europa verständigen können?

Sie hatten französisch gesprochen. Und ich hatte alles ohne Probleme verstanden und es der Frau neben mir übersetzt.

Wie war das nur möglich?

Ich hatte zwar an der Universität Französisch als zweite Fremdsprache belegt, aber über die elementare Grammatik war ich nicht hinausgekommen, und selbst davon hatte ich das meiste vergessen. Eigentlich hätte ich bei einer Unterhaltung auf Französisch wiederholt nachfragen müssen und nur eventuell mit Hilfe englischer Vokabeln etwas verstanden. Es war kaum denkbar, dass ich mich so mühelos auf Französisch verständigen konnte.

»Sprechen Sie mit sich selbst?«, fragte die Frau.

»Wie bitte?«

»Sie haben ›Aah‹ gesagt und etwas gemurmelt.«

»Gerade eben? Nein.« Ich hatte nicht bemerkt, dass ich laut gedacht hatte.

»Wir haben vorhin nicht richtig angestoßen«, sagte ich aus Verlegenheit.

»Ich habe noch etwas.«

»Dann bestelle ich einen für mich.«

Ich gab beim Barkeeper einen zweiten Martini in Auftrag. Plötzlich überkam mich der unüberwindliche Drang, meine

Sprachkenntnisse erneut auf die Probe zu stellen. Ich adressierte den Franzosen noch einmal.

»Seit wann sind Sie in Japan?«

Ich beherrschte Französisch.

»Seit drei, nein, seit vier Tagen.«

»Ah ja.«

So viel Französisch hatte ich eventuell in den Kursen gelernt.

»Sie sprechen gut Französisch«, flüsterte mir meine Begleiterin zu.

»Das kann nicht sein.«

»Doch, doch, sehr gut.«

»Ich hatte die ganze Zeit in Tokio zu tun«, erzählte der Mann. »Meine Frau hat eine Bustour nach Kamakura und Hakone unternommen, während ich geschäftlich vor Ort bleiben muss.«

»Haben Sie alles erledigt?«

»Nein, nicht ganz. Anschließend möchten wir uns aber Kioto und die Burg Himeji ansehen.«

»Das ist schön.«

»Ein Freund von mir, ein Japankenner, hat gesagt, diese Orte sollte man eigentlich nicht besuchen ...«

Den Rest hatte ich nicht verstanden. Warum verstand ich nicht alles? Normalerweise würde ich kaum ein Wort Französisch verstehen. So war es klar, dass ich das eine oder andere Wort nicht verstand. Auf der anderen Seite fand ich es seltsam, dass dieses Wunder offenbar Einschränkungen unterworfen war.

Ich lächelte unverbindlich.

»Kioto sollten Sie unbedingt besuchen.«

»Wir haben es vor«, sagte der Mann mit einem Lächeln. Seine Frau lächelte ebenfalls und nickte.

»Herr Taura«, sprach mich der Kellner mit verhaltener Stimme an. »Bitte, Ihr Tisch ist jetzt frei.«

Ich war das erste Mal in diesem Restaurant, betrachtete auch zum ersten Mal gemeinsam mit einer Frau das nächtliche Großstadtpanorama. Dennoch hatte ich ein Gefühl von Déjà-vu.

Mit siebenunddreißig hatte ich eine zweijährige Beziehung mit einer sechsundzwanzigjährigen Frau, die in einem Architekturbüro in Yotsuya arbeitete. Es war meine einzige Affaire. Beim Essen stiegen die Gefühle von damals – dasselbe sexuelle Verlangen, dasselbe schlechtes Gewissen, dieselbe Erfüllung, dieselbe Belastung – langsam wieder in mir hoch. Die Erinnerungen waren nicht allzu plastisch und lebhaft, sondern eher nostalgisch, und sie drängten mich sanft zu dem neuen Abenteuer hin.

Die Frau, die im dämmrigen Licht die Speisekarte studierte, war nicht so jung wie die Frau aus dem Architekturbüro, aber so schön, dass sie mich eingeschüchtert hätte, wäre ich ihr auf andere Art begegnet. Es stellte eine gewisse Erleichterung für mich dar, dass ihre Haut dem Alter entsprechend nicht mehr ganz so straff war. Wäre sie bei ihrer Schönheit auch noch jünger gewesen, hätte mir das gewiss allen Mut genommen.

Im Nachhinein gesehen spiegelte die Affäre von damals ein mangelndes Selbstwertgefühl wider. Selbst wenn ich im

Beruf erfolgreicher gewesen wäre, hätte ich es mir nie zugetraut, etwas mit der Frau vor mir anzufangen. Für mein gegenwärtiges Ich musste das umso mehr gelten. Ich bestellte das Essen. Der Wein wurde serviert, und wir betrachteten das nächtliche Panorama.

»Ein kleines Lichtermeer, wie schön«, sagte sie.

Während ich sie von der Seite anblickte, keimte in mir der leise Verdacht auf, dass es einen bestimmten Grund geben musste, warum sie mich traf.

»In jener Nacht«, setzte sie an, »haben wir nur wenige Stunden miteinander geredet. Deshalb fallen mir jetzt nur Gesprächsthemen ein, die das Krankenhaus betreffen oder unsere persönlichen Lebensumstände.«

»Da haben Sie Recht.«

»Ich möchte diese Dinge vergessen.«

»Ich auch. Vielleicht vermuten Sie es schon, aber mein Leben ist im Augenblick alles andere als erfreulich.«

Sie blickte mir still in die Augen, als wolle sie in ihnen lesen. Ich wich ihrem Blick nicht aus und lächelte.

»Worüber sollen wir sprechen?«, fragte ich.

»Über irgendetwas«, sagte sie, sichtlich erleichtert.

Vielleicht hatte sie nach einer Spur von Selbstmitleid in meinen Augen gesucht. Aber selbst ich besaß noch einen Rest von Stolz und war mir sicher, ihr nichts dergleichen offenbart zu haben.

»Von hier aus kann man es nicht sehen«, begann ich und wandte mich erneut dem nächtlichen Panorama zu.

»Was?« Sie folgte meinem Blick.

»Das KDD-Gebäude.«

»Das internationale Telefonamt?«

»Ja, man könnte es eine Telefonstation nennen.«

»Ich verstehe.«

»Gegen neun Uhr abends werden die Ferngespräche billiger. Dann kommen viele Ausländer dorthin, die zu Hause kein Telefon haben.«

»Immer die gleichen Leute?«

»Nein, viele verschiedene. Wahrscheinlich telefonieren die meisten nur einmal in der Woche oder im Monat. Die Kabinen und der Wartesaal sind voll von Menschen aus den verschiedensten Ländern.«

»Ach ja.«

»Alle möglichen Sprachen werden dann gesprochen. Einige sind so froh, endlich mit ihrer Familie sprechen zu können, dass sie ohne es zu bemerken ins Telefon schreien, so groß ist die Sehnsucht nach der Familie. Manchen kommen die Tränen, wenn sie nur »Mutter!« sagen. Die einen erfahren von einem Todesfall, die anderen von einer Geburt. Und manche hören zu, was die vielen Stimmen sagen, während sie selbst mit gesenktem Kopf darauf warten, dass sie an die Reihe kommen. Es sind mehr Asiaten darunter als Europäer oder Amerikaner.«

»Das wusste ich gar nicht.«

»In diesem Wartesaal finden sicher auch Begegnungen statt zwischen Mann und Frau.«

»Das wäre möglich.«

Ich sah in die Nacht hinaus.

»Ihr Tokio ist wahrscheinlich ein ganz anderer Ort als das unsere.«

Meine Begleiterin blickte hinaus auf die unzähligen Lichter.

»Das war schon, was ich zu sagen habe«, sagte ich.

»Das Nachtpanorama hat damit eine andere Färbung gewonnen«, sagte sie.

Ich blickte hinunter auf den Strom heller Autoscheinwerfer, der in die eine Richtung verlief, ihm entgegen kam ein Fluss von roten Rücklichtern, auf den Gehwegen zu beiden Seiten schlenderten die Passanten.

»Eine so reizende Geschichte kann ich nicht erzählen …«, begann sie. Dann berichtete sie mir von einer älteren Frau aus Gloucester in England und dem Tod ihres Mannes. Sie hatte die Geschichte vor ein paar Jahren in der Zeitung gelesen.

Der Mann war einundachtzig gewesen und 102 Kilo schwer. Seine siebenundsiebzigjährige Ehefrau, die nur 44 Kilo wog, lag unter ihm begraben. Sie konnte ihn nicht wegschieben, rief um Hilfe, aber niemand hörte sie. Drei Tage hat es gedauert, bis man sie fand, und die ganze Zeit lag sie unter ihrem toten Mann. Der Neffe hatte schließlich bemerkt, dass sich die Milchflaschen vor der Tür aneinanderreihten, und hatte die Polizei alarmiert. Die alte Dame wurde lebend geborgen und im Krankenhaus betreut.

Ich musste lachen. Sie lachte auch ein bisschen und sagte: »Das war's.«

»Ich verstehe.«

»Inwiefern?«

Ein wenig peinlich war es mir schon, aber wir hatten ja zumindest jene Nacht im Krankenhaus zusammen erlebt.

»Nun ja«, sagte ich etwas leiser, »dass sie miteinander Sex hatten.«

»Also wirklich!«

»War es denn nicht so?«

»Der Mann war einundachtzig.«

»Aber wie kam es dann, dass seine Frau unter ihm lag?«

»Stimmt auch wieder. Darauf wäre ich nie gekommen«, sagte sie. »Ich fand es einfach bizarr, dass die Frau irgendwie unter den schweren Mann geraten war und erst drei Tage später Hilfe eintraf.«

»Vermutlich achten Männer und Frauen auf verschiedene Dinge. Ich habe mich intuitiv mit dem alten Mann identifiziert, während Sie Mitgefühl mit der alten Dame hatten, die noch gerettet werden konnte. Aber wie kommt es, dass Sie sich so gut an eine Zeitungsmeldung erinnern, die schon Jahre zurückliegt?«

Sie senkte den Blick.

Schnell entschuldigte ich mich. »Eine unpassende Frage. Wir wollten uns ja fern von den Realitäten halten.«

Nun plauderten wir über die bevorstehende Kirschblüte, über Aronien, Glyzinien und Pfingstrosen, über die gestiegenen Grundstückpreise in Tokio aus Sicht eines Fertighausherstellers oder warum Wildtiere wie Giraffen oder Zebras im Gegensatz zu Fischen nicht gegessen werden.

Während sie ihre kleine Tasse Kaffee trank, sagte sie zu mir: »Ich habe ein Zimmer im Hotel reserviert.«

Ich dachte, ich hätte mich verhört.

»Wie?« Ich sah sie an.

»Ein Hotelzimmer …« Sie blickte zu Boden.

Wie sollte ich das verstehen?

»Aber Sie wohnen doch jetzt in …«

»Tokio.«

Nun war ich ziemlich sicher, was sie mir sagen wollte. Aber wie sollte ich reagieren? Vielleicht bildete ich mir doch nur etwas ein?

»Gehen wir?« Ich legte meine Serviette auf den Tisch.

»Ich …«, sagte sie leise, ohne sich zu bewegen.

»Ja?«

»Für mich hat es nie einen anderen gegeben als meinen Ehemann.«

»Ich verstehe.«

»Aber eigentlich ist das nicht ganz die Wahrheit, oder?«

»Wie meinen Sie das?«

»Ich habe doch mit Ihnen …«

»Das war nur verbal.«

»Bei Ihnen nicht ganz.«

»Nun ja …« Ich wollte mir schon ein gequältes Lächeln abringen, da meinte sie mit leiser Stimme und gesenktem Blick: »Bei mir war es auch … nicht ganz verbal …«

Es war ein großes Doppelzimmer im 17. Stock, aber die Aussicht auf die Stadt war durch ein etwa zwei- oder dreihundert Meter entferntes Gebäude versperrt, von dem man die zahllosen Reihen kleiner rechteckiger Fenster wahrnahm. Die beliebige Anordnung von Hell und Dunkel milderte den Eindruck des Anorganischen. Vielmehr übertrug sich jene Art von Tristesse, die zuweilen von riesigen Dingen ausgeht.

»Ich komme jeden Tag zur Arbeit nach Shinjuku, aber von dieser Seite kenne ich es kaum.«

Als ich hinunterblickte, fuhr gerade im halben Bogen ein Wagen vom Vorplatz des Hotels auf die Straße.

Das Licht ging aus.

»Es ist schöner so ...«

Ich wandte mich nicht um, sondern blickte weiter in die Nacht hinaus.

»Im Dunkeln hat man eine bessere Aussicht.«

Sie stellte sich neben mich und sah ebenfalls schweigend auf den Beton des Nachbargebäudes.

Ich nahm sie in die Arme. Was hätte ich sonst tun sollen?

Sie wehrte sich nicht, versteifte sich aber ein wenig, so als wolle sie mir zu verstehen geben, dass es nicht sie gewesen war, die das Licht gelöscht und sich mir genähert hatte.

Ich legte den Arm um ihre zierlichen Schultern und berührte ihr Haar.

Ich ließ mir Zeit. Mir war, als sei in ihrem Inneren ein heißer Kern verborgen, der sich allmählich verflüssigte.

Ich bedeckte ihr Gesicht mit Küssen, ließ meine Zunge über ihren Hals gleiten, dabei bog ich ihren Kopf etwas nach hinten. Auch ihre Ohren liebkoste ich.

Die Zeit verging, ohne dass wir sprachen. Sie holte tief Atem.

»Tut mir leid«, sagte sie mit heiserer Stimme, »dass ich dich damals getäuscht habe.«

Scheu reagierten ihre Lippen auf meine Zunge.

Ich berührte ihre Brust. Meine Hand bewegte sich ungeschickt, als würde sie sich in ihrem Kimono verfangen. Sie sagte leise: »Ich ziehe mich aus.«

Man würde eventuell Anstoß daran nehmen, würde ich unsere sexuelle Begegnung in allen Einzelheiten schildern. Es liegt mir auch fern zu prahlen. Ich will nicht von ihrer Nacktheit erzählen, nicht davon, dass ich beim Anblick ihrer nicht mehr ganz jungen hellen Haut eine gewisse Traurigkeit verspürte, und auch nicht davon, dass ich trotz meines Alters beim ersten Mal etwas zu schnell kam, beim zweiten Mal jedoch den vollkommensten Liebesakt meines Lebens hatte: Er war spielerisch, stark und ausdauernd, bis wir schließlich ganz miteinander verschmolzen.

Auch über ihre Sinnlichkeit und das dritte Mal, das sanft und bedächtig verlief, wie ein erholsamer Spaziergang, möchte ich hier nicht ausführlicher sprechen. Das Gleiche gilt für das Gefühl der Intimität, den Schweiß, unsere Laute und ihren Duft.

Erst als wir erschöpft und mit geschlossenen Augen dalagen, fragte ich sie nach ihrem Namen, um es im gleichen Moment zu bereuen. Es war sicher besser, ihren Namen nicht zu kennen. Oder nein, das war nicht der Grund – ich befürchtete vielmehr, sie würde vielleicht so denken. Sofort zog ich die Frage wieder zurück. »Du brauchst mir deinen Namen nicht zu verraten.«

»Ich heiße Mutsuko«, sagte sie ohne Zögern. »Seit meiner Scheidung wieder Mutsuko Kizuki.«

»Mutsuko, Mutsuko, Mutsuko«, murmelte ich und legte meine Hand auf ihre Brust. Müdigkeit überfiel mich.

Im Restaurant hatte ich noch zu Hause angerufen. Es hatte sich jedoch niemand gemeldet. Kurz vor dem Einschlafen fiel es mir wieder ein. Was soll's, dachte ich. Was war schon dabei, wenn ich einmal eine Nacht wegblieb? Vielleicht war es doch ratsam, sich zu melden, später, etwas später ..., zu sagen, dass ich heute nicht nach Hause kommen würde ..., nachdem Mutsuko eingeschlafen wäre ...

Als ich erwachte, drang helles Morgenlicht durch die Vorhänge.

Mutsuko war nicht mehr da.

Ich war nicht besonders überrascht. Im Inneren hatte ich es geahnt.

Das Schöne hat keinen Bestand – eine Empfindung, die beinahe zu meiner zweiten Natur geworden war. Wahrscheinlich hätte es mich sogar verunsichert, wenn Mutsuko noch da gewesen wäre.

Nicht einmal nach ihrer Adresse hatte ich sie gefragt.

Vielleicht würde ich sie nie wiedersehen.

Bei diesem Gedanken durchfuhr mich ein scharfer Schmerz. Andererseits entspräche dies ganz meinem Wesen.

An der Rezeption erfuhr ich, dass sie bereits bezahlt hatte.

Fünf Tage später las ich in der Zeitung eine Meldung, bei der ich ein ungutes Gefühl im Magen bekam.

Der Artikel hatte nichts mit Mutsuko zu tun. In der Sparte »Aus aller Welt« wurde ein Ereignis aus den USA berichtet. Im Haus einer gewissen Familie Resh in Columbus im

Bundesstaat Ohio, so hieß es, bewegten sich die Möbel ohne jede äußere Einwirkung. Das Telefon flog durch die Luft, das Licht ging von selbst an, Wasser kam aus dem Hahn, ohne dass ihn jemand aufgedreht hatte.

Ein Lokalreporter hatte die Familie aufgesucht und alles mit eigenen Augen gesehen.

Man rief Experten zu Hilfe, aber auch sie waren ratlos. Die Meldung endete mit dem Satz: »Bisher sind bereits zahlreiche ähnliche Fälle bekannt geworden.«

Tatsächlich hatte ich schon öfter solche Meldungen gelesen und sie nur mit Verwunderung zur Kenntnis genommen. Wie sollte man anders reagieren?

Diese unerklärlichen Ereignisse rüttelten an den Grundfesten der modernen Wissenschaft und des gesunden Menschenverstands. Allerdings überflogen die meisten Leute solche seltsamen Nachrichten nur, ohne dass ihre Wahrnehmung des Alltags oder ihr Sinn für Realität erschüttert wurden.

In Anbetracht dessen, dass sich diese Dinge in einem fernen Land ereigneten, war das nur zu verständlich. Was sollte man jedoch tun, wenn man selbst betroffen war? Einfach darauf warten, dass es vorüberging, und es dann vergessen?

Warum hatte ich plötzlich fließend Französisch gesprochen und die Worte meines Gegenübers verstanden?

Und dann die Frau – Mutsuko. War die grauhaarige ältere Dame im Krankenhaus wirklich sie gewesen? Wer würde so etwas glauben?

Ich beließ es bei diesen Überlegungen und wandte mich meinem Alltag zu. Schon am nächsten Tag war ich wieder Sklave der üblichen lähmenden Stimmung.

Ich starrte das Telefon an.

Vielleicht sollte ich im Krankenhaus anrufen, um mich nach einer Frau Mutsuko Miyabayashi zu erkundigen. Gut möglich, dass eine Patientin diesen Namens dort nicht bekannt war. Aber wenn ich nicht fragte, würde ich es nie erfahren.

Im Büro konnte ich kein privates Ferngespräch führen. Ich suchte die Nummer des Krankenhauses, die ich in mein Notizbuch geschrieben hatte. Ich erinnerte mich, dass die Frau mit dem Namen Nakanobu eine engagierte und stets aufgeschlossene Schwester war, und notierte kurz entschlossen ihren Namen unter die Nummer.

Derzeit war unsere Abteilung mit einem Projekt betraut, das dazu beitragen sollte, möglichst effektiv und umfassend, dabei aber kostensparend auf Sonderwünsche von Kunden einzugehen. Wir sollten umsetzbare Möglichkeiten erarbeiten und mit vereinten Kräften »überraschende Ergebnisse« erzielen. Die ganze Sache schmeckte stark nach Beschäftigungstherapie. Niemand sprach es aus, aber von großem Arbeitseifer war nichts zu spüren. Dennoch hatte ich Hemmungen, mich während der Bürostunden zu absentieren.

Wenn es nur erst fünf Uhr wäre.

Um mir die Wartezeit zu verkürzen, steckte ich mir ein paar Münzen in die Jacketttasche und suchte mir im Geist eine Telefonzelle in einer ruhigeren Gegend aus.

Selbstverständlich kam mir nichts dazwischen, das mir unvorhergesehene Überstunden abverlangt hätte, also verließ ich das Büro wie geplant Punkt fünf und machte mich auf den Weg zu einem Telefon, von dem aus ich auf der Station im fünften Stock des Krankenhauses anrief.

»Taura am Apparat. Ich war wegen eines Oberschenkelbruchs bei Ihnen …«

»Ach, Herr Taura!«, rief die Schwester erwartungsgemäß erfreut. »Wie geht es Ihnen denn? Von wo rufen Sie an? Aus Tokio!«

Was mich am meisten interessierte, konnte ich natürlich nicht fragen, also bat ich Schwester Nakanobu um die Adresse von Frau Miyabayashi, die Ende letzten Jahres in Zimmer 513 gelegen hatte.

»Die weiß ich leider nicht«, sagte sie, war aber so freundlich, mich mit der Verwaltung zu verbinden, die um kurz nach fünf wohl noch besetzt war.

»Dann wissen Sie aber vielleicht, wie alt sie ist?«, fügte ich hastig hinzu.

»Warten Sie mal kurz.«

Ohne sich über meine Frage zu wundern, rief sie nach Schwester Ozaki und entfernte sich für einen Moment.

Dann kam die Antwort, die ich insgeheim erwartet hatte.

»Sie war siebenundsechzig.«

Es war beinahe zu problemlos. Vielleicht, weil Mutsuko wollte, dass ich es erfuhr?

Zaghaft, als würde sie mir etwas Wichtiges anvertrauen, hatte Mutsuko gesagt, sie habe eine »Verjüngung erfahren«. Ihre Wortwahl war etwas altmodisch. Heutzutage würde sich eine Frau Anfang vierzig kaum so ausdrücken. Nicht grundlos fürchtete sie, ihre ehemaligen Freundinnen würden sie seltsam finden.

Mutsuko hatte nichts vor mir verborgen.

Ich konnte trotzdem nicht außerhalb meines Realitätsverständnisses denken – was mich in diesem Fall nicht überraschte.

Wer würde glauben, dass eine Siebenundsechzigjährige sich auf diese Art verjüngen konnte? Wer würde an eine solch unwahrscheinliche Verwandlung glauben? Wer das ohne weiteres akzeptierte, war nicht ganz bei Verstand.

Die Frau war jemand ganz anderes. Eine Person, die aus irgendeinem Grund so tun musste, als wäre sie die verjüngte Version der Siebenundsechzigjährigen. Deshalb wich sie allem aus, was mit dem Krankenhaus oder ihren persönlichen Lebensumständen zu tun hatte.

Aber was hatte sie von der Sache?

All diese Gedanken bewegten mich, und doch war ich halb davon überzeugt, dass es sich bei Mutsuko um die verjüngte alte Dame handelte.

Ich empfand keine Gefühle des Widerwillens ihr gegenüber. Übelkeit und Schwindel, die ich beim Anblick der alten Frau gespürt hatte, existierten nicht mehr. Die Erinnerung an Mutsuko, wie sie sich mir hingab, an ihren verjüngten Körper (es war freilich der Körper einer Vierzigjährigen), an ihr Verhalten, ihre Gesten, daran, wie sie sich anfühlte, berührte mich tief. »Mutsuko«, rief ich leise, während ich weiterging.

Dann versuchte ich auf Französisch zu sagen »Ich will dich sehen«. Doch ich fand die Worte nicht.

3

Der Name Kizuki existierte viermal im Telefonbuch von Yokohama. Beim zweiten Versuch hatte ich die Familie von Mutsukos verstorbenem Bruder am Apparat.

»Ist dort die Familie von Frau Mutsuko Kizuki?«

»Ja?«, antwortete eine Stimme, die einem etwa fünfzehn- oder sechzehnjährigen Mädchen gehören mochte.

»Ich bin von der Keihin-Lebensversicherung und bräuchte die Adresse von Frau Mutsuko Kizuki in Tokio.«

Ohne mir zu antworten, rief sie nach einer kurzen Pause: »Mama!« Eine Frau in mittlerem Alter meldete sich, und ich wiederholte meinen Spruch.

»Worum handelt es sich?« Ihre Stimme klang betont förmlich.

»Um eine Mitteilung an Frau Kizuki hinsichtlich ihrer Lebensversicherung.«

»Hat Mutsuko Kizuki die Versicherung selbst abgeschlossen?«

»Sie war bei uns im Hauptbüro, um die Versicherung abzuschließen. Aber dann hat sie sich nicht mehr gemeldet.«

Solche kleinen Lügen gehörten in unserer Verkaufsabteilung zum Alltag.

»Wann war das?«

»Vor etwa einer Woche.«

Sie schien zu überlegen.

»Wenn sie das tatsächlich vorhat, wird sie sicher noch einmal zu Ihnen kommen.«

Sie hatte Recht.

»Woher haben Sie übrigens unsere Nummer?«, fragte die Frau zurück.

»Frau Kizuki sagte mir, sie habe in Yokohama eine Familie, die sie zu Begünstigten ihrer Versicherung machen wolle.«

Wieder eine kurze Denkpause.

»Wir wissen es nicht«, sagte die Frau. »Wir wissen nicht, wo sie ist.«

»Aber Frau Kizuki hat mir erzählt, Sie seien die Familie ihres verstorbenen Bruders.«

»Das stimmt. Wir wissen nur bedauerlicherweise nicht, wo sie sich momentan aufhält. Wenn sie sich bei Ihnen melden sollte, würde ich gern von Ihnen erfahren, wo sie wohnt.«

Das klang nicht wie eine Lüge.

»Ich sage Ihnen Bescheid«, sagte ich. »Übrigens hätte ich da noch eine Frage.«

»Ja, bitte?«

»Frau Kizuki ist doch jetzt siebenundsechzig?«

»Ja, im Juli wird sie achtundsechzig. Ich staune, dass man in diesem Alter überhaupt noch eine Lebensversicherung abschließen kann.«

»Die Tarife sind natürlich relativ hoch.«

»Ich verstehe.«

»Entschuldigen Sie die Störung.«

»Warten Sie«, unterbrach sie mich.

»Ja?«

»Ist sie persönlich bei Ihnen gewesen?«

»Bitte?«

»Ist eine ältere Frau bei Ihnen gewesen?«

»Nein …«

»War sie ungefähr Anfang vierzig?«

»Ja. Sie hat um Informationsmaterial gebeten.«

Die Frau schwieg. Dann fragte sie: »Man kann doch keine Versicherung abschließen, ohne zumindest einmal persönlich vorbeizukommen, oder?«

»Ganz recht, besonders wenn es sich um eine Person fortgeschrittenen Alters handelt.«

»Sie meldet sich bestimmt nicht mehr. Es ist zwecklos, sie zu suchen.«

Ich verließ die Telefonzelle und ging in der Nachmittagssonne zum Bahnhof Shinjuku.

Es war eine ungeschickte Lüge gewesen. Vermutlich wird eine Achtundsechzigjährige nicht mehr versichert.

Seit meinem Oberschenkelbruch hatte mein Sinn fürs Praktische etwas nachgelassen. Obwohl nachlassen vielleicht nicht das richtige Wort war. Wenn ich nur wollte, konnte ich so klar und praktisch denken wie vorher. Ich hatte jedoch eine Art Widerwillen dagegen. Irgendetwas in mir schien sich zu wehren.

Ich stieg in einen Express der Odakyu-Linie, fuhr bis Seijo-Gakuen und stieg dort in die Lokalbahn um, die auf der anderen Seite des Bahnsteigs wartete. Kitami war der nächste Halt.

Mutsukos Familie oder zumindest die Frau, mit der ich gesprochen hatte, war offenbar auch Zeugin von Mutsukos Verjüngung geworden. Genau wie ich schien sie sich nicht ganz sicher zu sein, ob die jüngere Frau in der Tat Mutsuko war. Wahrscheinlich konnte sie es einfach nicht glauben.

Mutsuko hielt sich versteckt. Ihre Schönheit war für diejenigen, die die alte Mutsuko gekannt hatten, eine Monstrosität. Vielleicht hatte sie keine andere Wahl, als von der Bildfläche zu verschwinden, um sich vor der Verwunderung, der Neugier und dem Misstrauen ihrer Mitmenschen zu schützen.

Die Angst und die Einsamkeit eines alternden Menschen konnte ich mir vorstellen. Davon, wie jemand sich fühlt, der immer jünger wird, hatte ich keine Ahnung.

Wenn ich an Mutsukos nackten, weißen Körper, ihre Haut, ihre Wärme, ihren Duft und ihre Sinnlichkeit dachte, malte ich mir unweigerlich in den lebhaftesten Farben aus, wie sie ihre Jugend nun auskosten würde. Im Zug nach Hause überfiel mich mehrfach heftige Eifersucht.

»Was ist eigentlich los?«, fragte mein Sohn Shin'ichi mich beim Abendessen. »Mutter ist ja nur noch weg.«

»Stört dich das?«

»Nein, nicht besonders.«

»Na dann. Es ist ja nicht so, dass du sie nie siehst.«

»An deiner Stelle würde es mir nicht gefallen.«

»Ich war ja selbst lange weg.«

»Deshalb kann sie doch nicht einfach machen, was ihr passt.«

»Immerhin hat sie die Auflage ihrer Zeitschrift auf zwanzigtausend gesteigert. Und sie sind nur zu dritt. So etwas kann man nicht einfach aus dem Ärmel schütteln.«

»Du bist sehr verständnisvoll. Oder ist es Gleichgültigkeit?«

»Deine Mutter ist eben eine tüchtige Frau, die ganz in ihrer Arbeit aufgeht. Es wäre kaum gut für sie, wenn ich sie jetzt bremsen würde. Außerdem müsste ich mir dann wieder ständig ihre Klagen anhören.«

»Wenn es dir nichts ausmacht, ist es ja gut.«

»Es macht mir nichts aus. Es gefällt mir viel besser als die ewige Nörgelei.«

»Trotzdem tust du mir leid.«

»Das muss es nicht. Wenn du so empfindlich bist, kannst du nie heiraten. Du wirst zwangsläufig enttäuscht werden.«

»Es gibt auch Frauen, die anders sind als Mutter.«

»Rede keinen Quatsch. Nicht viele Frauen sind so tüchtig wie deine Mutter.«

»Meinst du das ehrlich?«

Wir hatten es immer vermieden, vor den Kindern schlecht voneinander zu reden. Natürlich wäre es besser gewesen, wenn meine Frau mit uns zu Abend essen würde. Aber ihr Argument war folgendes:

Wenn eine Ehefrau ihren Mann, der durch Arbeitsüberlastung nervlich erkrankt ist, zu sehr bemuttert, wird er abhängig von ihr. Die Persönlichkeit der Frau wird aufgefressen, und das Familienleben wird unerträglich für sie.

Die beste Therapie ist für alle Beteiligten, dass sie ihre Eigenständigkeit bewahrt und ihrem Mann keine Zuflucht gewährt, um ihn vor Abhängigkeit zu bewahren.

Diese Dinge hatte meine Frau mir nicht selbst gesagt, sondern mir, als ich im Krankenhaus war, eine Ausgabe ihrer Zeitung mit einer anonymen Glosse zum Thema geschickt. Mir war klar, dass der Artikel ihre Meinung wiedergab, zugleich aber auch eine Art von Entschuldigung war. Dabei hatte sie wahrscheinlich sogar Recht. Hätte sie mich wie einen armen Kranken behandelt, wäre ich vermutlich nicht so geworden, wie ich jetzt bin. Zumindest hatte ich nicht die leiseste Absicht, mich von ihr abhängig zu machen. Vielleicht verdankte ich auch das ihrer Willenskraft, die sie davor bewahrte, »vor dem Vorwurf, eine schlechte Ehefrau zu sein, zurückzuschrecken« – wie es in der Kolumne hieß.

Shin'ichi ging nach oben in sein Zimmer, und ich schaltete den Fernseher ein.

Zu Hause war ich nicht weniger einsam als üblich.

»Mutsuko«, flüsterte ich. Dies durfte nicht zur Gewohnheit werden. Sonst würde mir der Name noch in Gegenwart meiner Frau herausrutschen.

Im Fernsehen liefen Sketche. Mir fiel ein, dass Samstag war.

»Mutsuko.« Ob sie nur in meiner Phantasie existierte? Niemals.

»Mutsuko«, drängte es mich wieder zu sagen.

War ich dabei, den Verstand zu verlieren? Hatte ich mich in eine Illusion mit dem Namen Mutsuko geflüchtet, mich davon abhängig gemacht?

Gewiss nicht.

War es möglich, dass alles – der Geschmack des Weines und der Speisen, die verschiedenen Details des Hotelzimmers und das Erlebnis mit Mutsuko – nur ein Traum gewesen waren?

Doch wenn ich an meine Französischkenntnisse, Mutsukos Schönheit, ihre Hingabe und an unseren vollkommenen Liebesakt dachte, erschien mir die ganze Sache wahrhaft unwirklich.

Vor dem Hintergrund der sehr realen Geräusche aus dem Fernseher kamen mir Zweifel. Ich begann nach Spuren von Mutsuko zu suchen, nach irgendetwas, das in Zusammenhang mit ihr stand.

Ich holte den Anzug, den ich an dem Tag getragen hatte, aus dem Schrank und durchsuchte alle Taschen.

Nichts. Nicht einmal eine Rechnung vom Restaurant. Natürlich hatte ich sie weggeworfen, damit meine Frau sie nicht entdeckte. Aber ich hatte nicht geträumt, bestimmt nicht.

Wo gab es einen so lebhaften Traum, der dazu noch mehrere Stunden andauerte? Außerdem wusste auch die Familie Kizuki in Yokohama von Mutsukos wundersamer Verjüngung.

War ich mir da sicher? Ganz sicher?

»Was machst du denn da?«, hörte ich plötzlich die Stimme meiner Frau. Sie versuchte sich nicht anmerken zu lassen, wie erschrocken sie war.

»O hallo, da bist du ja.«

»Wieso durchwühlst du deinen Anzug so? Was ist mit dir?«

Es wurde Mai.

Zwei Monate waren verstrichen, ohne dass etwas geschah.

Den einen Tag war ich überzeugt, mir alles nur eingebildet zu haben, während ich am nächsten schon wieder versuchte, über unsere Firmenfiliale in Nordjapan Informationen bezüglich einer älteren Frau Miyabayashi zu bekommen, die ihren Mann verlassen hatte. Man bestätigte mir zwar die Sache mit der Scheidung, doch der gegenwärtige Wohnsitz der Frau sei unbekannt. Man teilte mir die Adresse ihres ältesten Bruders in Yokohama mit, der mir eventuell weitere Auskunft geben könnte.

Ich nahm all meinen Mut zusammen und rief in meiner Tarnung als Versicherungsvertreter noch einmal die Familie Kizuki an. Mutsuko schien weiterhin verschollen zu sein.

Ich dachte sogar daran, wieder in dem bewussten Hotelzimmer zu übernachten, eine Versuchung, die hauptsächlich an meinen Finanzen scheiterte. Eine Nacht für eine Person hätte zwanzigtausend Yen gekostet. Das konnte ich mir nicht leisten. Wenn Mutsuko gekommen wäre, hätte ich natürlich gerne so viel bezahlt, aber nicht für eine bloße Erinnerung.

Auf ein paar sommerlich heiße Tage folgte eine kühle und regnerische Zeit.

Die Abteilung für ausrangierte Mitarbeiter bekam ein Mitglied dazu. Der zweiundvierzigjährige stellvertretende Leiter der Filiale in Ushiku hatte ein halbes Jahr zuvor plötzlich seine Stelle aufgeben wollen. Man hatte bei ihm Depressionen diagnostiziert. Seither war er beurlaubt gewesen.

An seinem ersten Tag nahm ihn der Abteilungsleiter ins Gebet: »Unsere Abteilung wird manchmal als ›Reha‹ bezeichnet, aber so sollten Sie sie nicht sehen. Ich erwarte

120-prozentigen Arbeitseinsatz von Ihnen.« Dann fügte er mit ernster Miene hinzu: »Besser kann man einen Depressiven nicht ermutigen.« Wie absurd das Ganze war, schien er nicht zu bemerken.

Es machte ihn auch niemand darauf aufmerksam, und wir begrüßten den Mann, als wäre nichts. Seitdem verhielt er sich weitgehend unauffällig. Er hatte, wie wir alle, wohl längst aufgegeben.

Bei aller Resignation entfuhr mir hin und wieder ein Seufzer. Vor allem seufzte ich vor Sehnsucht nach Mutsuko, manchmal kompensierte ich damit auch mein Verlangen.

Und dann – an einem bewölkten Nachmittag im Mai.

»Also wirklich, ein unfrankierter Brief. Unmöglich!«

Yoshiko Takamatsu, die die Post aus dem Briefkasten im Erdgeschoss geholt hatte, legte einen Umschlag vor mich hin.

»Eine Frauenhandschrift, ohne Absender. Vielleicht von einer Lover Bank?«

»Für so was habe ich kein Geld«, sagte ich. Meine Stimme bebte vor Ungeduld.

»Aha, Sie haben doch ein schlechtes Gewissen.«

»Sehr witzig«, antwortete ich einfältig. Ich konnte es kaum erwarten, den Brief zu öffnen. Mutsuko. Ich kannte ihre Handschrift nicht, aber der Brief musste einfach von ihr sein.

»Wollen Sie ihn nicht aufmachen?«

»Seien Sie still.«

»Tun Sie doch nicht so betont gleichgültig.«

»Eine Rechnung von einer Bar. Verschonen Sie mich«,

sagte ich und riss den Briefumschlag mir nichts dir nichts an einem Ende auf.

Es waren zwei Blätter. Ich las.

»Macht man so ein Gesicht, wenn man eine Rechnung bekommt?«

Yoshiko Takamatsu war manchmal penetrant aufgeräumt.

»Chef!«, rief ich. »Darf sie so frech zu mir sein?«

Meine Stimme klang hoch, als würde ich gleich in übermütiges Gelächter ausbrechen. Das war gar nicht meine Art. Alle starrten mich an. Aber ich konnte meine plötzliche Freude nicht beherrschen und lachte schrill.

»Wir haben noch nicht mal Monatsende, und die schicken mir schon die Rechnung«, rief ich viel zu laut für die nachmittägliche Bürostunde. Schließlich fasste ich mich und steckte den Brief in die Brusttasche.

Entschuldigen Sie, dass ich Sie zu so unpassender Stunde behellige.
Im zweiten Stock des Hotels – im ersten ist die Rezeption, also ein Stockwerk darüber – gibt es ein kleines Café. Es heißt Hélène.
Dort werde ich ab 18.30 eine Stunde lang auf Sie warten. Wenn es Ihnen passt, würde ich Sie gern sehen.

Kizuki

Wäre es doch nur erst fünf Uhr! Wenn ich mich beeilte, konnte ich in weniger als zehn Minuten im Hotel sein. Als ich um vier Minuten nach fünf das Büro verließ, war mir klar, dass ich über eine Stunde auf sie warten müsste, dennoch rannte ich fast.

Die größte Freude war für mich die Aussicht, Mutsuko wiederzusehen. Aber auch die Bestätigung – die der Brief ja darstellte –, dass ich mir alles nicht nur eingebildet hatte, stimmte mich froh.

Jetzt stand für mich fest, dass sich die Dinge tatsächlich ereignet hatten. Bis dahin war meine Unsicherheit sehr groß gewesen.

Wenn ich mir in der Tat eingebildet hätte, mit einer Vierzigerin geschlafen zu haben, die vorher siebenundsechzig war, wäre ich eindeutig verrückt gewesen.

Aber nun trug ich ihren Brief in meiner Brusttasche. Er war der Beweis, dass Mutsuko existierte. Beim Gehen legte ich immer wieder die Hand darauf, konnte sie gar nicht mehr wegnehmen. Die Passanten dachten sicher, ich hätte Schmerzen in der Brust. Ich runzelte die Stirn und bemühte mich absichtlich um einen besorgten Ausdruck, um mein Lächeln zu unterdrücken.

Die Rolltreppe zum Foyer rannte ich hinauf. Dabei überholte ich am Ende der Treppe eine ältere Amerikanerin.

»Entschuldigung, aber ich komme zu spät zu meiner Verabredung«, sagte ich rasch zu der Frau, die mir Platz gemacht hatte, und ging durch die Halle.

Ich hatte tatsächlich Englisch gesprochen! Mühelos, ohne mir den Satz vorher im Kopf zurechtzulegen. Jetzt sprach ich also auch noch fließend Englisch! Alles dank Mutsuko.

Genau so war es. Erneut war ich in Mutsukos Bannkreis, unter dem Einfluss ihrer Ausstrahlung.

Ich rannte die Treppe neben der Rezeption hinauf zur Galerie im zweiten Stock, von der aus man das Foyer überblicken konnte.

Ein paar Juweliere, Pelzgeschäfte und Boutiquen reihten sich dort aneinander, ganz am Ende war das Café Hélène.

Ich war natürlich viel zu früh. Es war elf Minuten nach fünf, das hieß, ich war in sieben Minuten hierhergehastet. Ich war eindeutig zu nervös.

»Kann ich etwas für Sie tun?«

»Ich bin hier verabredet. Aber es ist noch zu früh. Ich wollte nur kurz hereinschauen. Ich komme später wieder.«

»Bitte schön.«

Ich ging in die Toilette. Aus dem Spiegel blickte mir das erregte Gesicht eines achtundvierzigjährigen Mannes entgegen. Wie sah ich bloß aus? Wie betrunken. Wenn nur diese Röte verschwinden würde. Ich fand mich hässlich. Wäre ich doch etwas jünger, vielleicht vierzig …

Ich wusch mir das Gesicht und ärgerte mich, dass ich mir das Revers bespritzt hatte. Bei der Erkenntnis, dass ich noch über eine Stunde Zeit hatte, atmete ich auf und schloss mich in einer Kabine ein. Neben der Toilette stehend zog ich Mutsukos Brief aus der Brusttasche, öffnete ihn, las ihn aufs Neue und küsste dann ihre Unterschrift. Kizuki?

Warum unterschrieb sie nicht mit »Mutsuko«? Ob die Familie Kizuki aus Yokohama mir mit dem Brief eine Falle stellen wollte?

Was für ein Unsinn. Woher sollten sie überhaupt wissen, dass wir uns in diesem Hotel getroffen hatten? Und was für einen Sinn hätte es, mich hierherzulocken?

Hör auf, ermahnte ich mich laut und ging nach unten ins Foyer. Dann stieg ich hinauf in den zweiten Stock und schaute mir die Schaufenster an.

Warum hatte sie nicht sechs Uhr vorgeschlagen? Fünf Uhr dreißig hätte es auch getan.

Um zwanzig vor fünf setzte ich mich in das Café und trank einen Kaffee.

Ich war glücklich, dass ich mich so sehr auf Mutsuko freuen konnte. Es war ein wunderbares Gefühl, wieder Lust auf eine Frau zu haben, ohne ihr mit Zynismus zu begegnen.

In meinem Leben hatte ich mich weit davon entfernt, Frauen hübsch und begehrenswert zu finden. Ich konnte nicht umhin, unterschiedslos alle für egoistisch, launisch, starrköpfig, oberflächlich und nicht weltgewandt zu halten. Doch Mutsuko begehrte ich ganz einfach. Ich war wie verzaubert. Ich wollte mir dieses Gefühl unbedingt erhalten, und sei es auf Kosten meiner Vernunft und meines gesunden Menschenverstands.

Mutsuko erschien in der Tür und sah mich an.

Ihre Frisur und ihr Kimono waren die gleichen wie vor zwei Monaten. Etwas traurig fand ich das schon. Ich erhob mich.

»Guten Tag«, hörte ich die Bedienung sagen.

Mutsuko kam lächelnd auf mich zu.

»Ich bin extra eine Viertelstunde früher gekommen, um auf dich warten zu können.«

Sie senkte den Blick.

»Es ist so lange her«, gestand ich inbrünstig.

»Ja.« Sie nickte und setzte sich mir gegenüber.

Es war nicht so warm, dass ihr Kimono an diesem Frühlingstag auffällig unpassend gewirkt hätte. Dennoch tat es mir leid, dass sie im Mai, wo es schon sommerlich heiß werden konnte, den Kimono vom März tragen musste. Ich kann es nicht genau beschreiben, aber ich wollte sie irgendwie beschützen. Gleichzeitig war ich erleichtert, dass sie sich kaum verändert hatte.

»Ich trage heute mit Absicht diesen Kimono«, sagte sie.

»Wie meinst du das?«

»Habe ich mich verändert?«

Ich betrachtete sie noch einmal genauer. Die Kellnerin kam an den Tisch, und Mutsuko bestellte einen Eiskaffee.

Abgesehen von dem Eindruck, den ihr Kimono in mir hervorrief, wirkte sie weder geschwächt noch melancholisch. Ihr Haar war sehr sorgfältig zurechtgemacht, und ihre Art, den Kimono zu tragen, schien beinahe zu adrett. Ich vermisste das Verspielte.

»Du hast ein bisschen abgenommen«, sagte ich.

Außerdem war sie noch schöner geworden – und jünger. Im ersten Moment war es mir nicht aufgefallen, aber die Veränderung war kaum zu übersehen.

Ich konnte es nicht glauben – nein, natürlich, glaubte ich es, da ich bereits ihre Verwandlung von einer alten Frau in eine jüngere erlebt hatte –, aber nun sah sie wie Anfang dreißig aus oder sogar wie Ende zwanzig.

Wie voreingenommen ist doch der Blick des Menschen. Mutsuko hatte das Café betreten und sich mir direkt gegenübergesetzt, ohne dass ich bemerkt hatte, dass sie aussah wie eine junge Ehefrau um die dreißig. Kein Mensch hätte sie mehr für über vierzig gehalten.

Mutsuko schaute zu Boden, als wären meine Blicke ihr peinlich.

»Du bist so jung«, sagte ich.

»Den Kimono habe ich noch einmal angezogen, damit du nicht allzu sehr erschrickst.«

»Oh.« Meine Stimme klang heiser.

Was war in der Zeit ihrer Abwesenheit passiert? Was hatte sie getan? Angst kroch in mir hoch.

»Ich dachte schon, ich würde dich nie wiedersehen.«

Sie schlug die Augen nieder und nickte.

»Ich habe dich vermisst.«

Unerwartet stieg ein Schluchzen in mir auf. Ihre Jugend überwältigte mich, und ein Gefühl von Niederlage breitete sich langsam in mir aus.

»Ich habe ein Zimmer reserviert, wie letztes Mal«, sagte sie schüchtern.

»Ich verstehe.«

Ich war völlig aus der Bahn geworfen, und ich wusste nicht, ob ich mich freuen oder erschrecken sollte. Nein, ganz klar freute ich mich, aber ein solches Glück war ohne leidvolle Nebenwirkungen nicht zu haben. Das war mir klar.

»Im Untergeschoss gibt es doch dieses spanische Restaurant.«

»Ja?«

»Ich habe uns dort einen Tisch reserviert.«

Unser Zimmer war dieses Mal im 25. Stock.

Man sah hier anstelle der Hochhäuser des Büroviertels andere beleuchtete Gebäude und Straßen. Tief unten erstreckte sich bis in weite Ferne ein Strom von Autoscheinwerfern.

Direkt unter dem Fenster lag ein Park.

Die Laternen warfen ihr bleiches Licht auf den Rasen und die Bänke um den Springbrunnen. In einer Wochenzeitschrift hatte ich gelesen, dass Spanner dort mit Vorliebe junge Paare beim Geschlechtsverkehr beobachteten, sie sogar fotografierten. Jetzt lag niemand mehr auf dem Rasen, auf den Wegen gab es keine Spaziergänger. Der Park wirkte verlassen.

Mutsuko hatte mir den Vortritt gelassen und duschte nun auch.

Beim Essen meinte sie, sie traue sich nicht, mir zu erzählen, was sie in den letzten beiden Monaten getan hatte. Irgendwann würde sie es tun. Vorläufig versicherte sie mir bloß, dass nichts Wichtiges geschehen sei. Sie habe viel geschlafen. Aber muss man seinen Mut zusammennehmen, nur um zu erzählen, dass man geschlafen hat?

»Eigentlich sollte ich nicht davon sprechen …«, setzte sie an.

»Sagen Sie es mir, ich möchte alles wissen.«

Da sie mich weiterhin höflich siezte, tat ich es auch. Doch wir waren ja keine Fremden, und ich ging wieder zum Du über.

»Was wolltest du sagen?«

»Für eine Siebenundsechzigjährige ist das nicht normal …«

»Du bist nicht siebenundsechzig!«

»Doch. Meine Erinnerungen und meine Empfindungen haben sich nicht verändert. Ich kann mein Alter nicht einfach vergessen.«

»Verstehe.«

»Also …«

Offenbar genierte sie sich. Ihre Schamhaftigkeit wirkte nicht gekünstelt, die Sache schien ihr wahrhaft peinlich zu sein. Sie zeigte dabei jedoch eine Natürlichkeit, die die jungen Frauen von heute vermissen lassen.

Es war, als wäre sie von einem lieblichen, weichen Leuchten umgeben.

»Ich habe wieder meine Monatsregel …«

Ich war überrascht. Auf diese Aussage war ich nicht vorbereitet gewesen.

Aber es war typisch für sie. So war es von Anfang an gewesen. So schüchtern Mutsuko auch war, hatte sie mich damals ziemlich direkt zum Verbalsex aufgefordert und mich später in das Hotelzimmer gebracht.

Sie hielt den Blick gesenkt, so dass ich nicht sagen konnte, was sie empfand. Sie lächelte nicht. Wahrscheinlich freute sie sich, vielleicht überwog auch die Angst.

Ich erinnerte mich an einen Roman von Thomas Mann, den ich in meiner Studienzeit gelesen hatte. Darin gibt es eine Szene, in der eine ältere Frau sich über das Wiedereinsetzen ihrer Menstruation freut. Später erweist sich die Blutung als Krebssymptom.

Rasch verdrängte ich diese Gedanken. Mutsuko war keine alte Frau. Sie sah keinen Tag älter aus als dreißig. Da war es selbstverständlich, dass sie eine Monatsblutung hatte. Ich fand es bezaubernd, wie sie mir davon erzählen wollte. Nicht mit einem beliebigen anderen, sondern mit mir wollte sie ihre Freude teilen.

Aber es gelang mir nicht zu sagen, wie sehr ich mich für sie freute.

»Das bedeutet, du bist wirklich und wahrhaftig auf wundersame Weise verjüngt«, sagte ich stattdessen. »Sensationell. Ich sollte so etwas nicht erwähnen, aber wenn das in die Medien käme, gäbe es weltweites Aufsehen.«

»An so was möchte ich echt nicht denken.« Sie schüttelte den Kopf.

Ich war erleichtert. Sie hatte sehr jugendlich und spontan geklungen.

»Natürlich würden Beweise verlangt. Sicher eine Plage.«

»Dafür bliebe mir gar keine Zeit. Es geht so schnell ...«, sagte sie leise.

»Schnell?«

Sie schob ihren linken Arm auf dem Tisch zu mir herüber.

»Mein Arm.«

»Was ist damit?«

Etwas erstaunt betrachtete ich ihren weißen Arm, der aus dem Kimonoärmel hervorschaute.

»Kneifst du mich bitte mal?«

Nun versuchte sie selbst, mit den Fingern ihrer rechten Hand in die Haut zu kneifen.

»Hier, bitte.«

Auffordernd hielt sie mir den linken Arm hin.

Ich umfasste ihn mit der rechten Hand.

»Geht nicht, oder?« Ihre Stimme klang flehend. »Die Haut ist so jung.« Es hörte sich fast an, als wäre ihr das unangenehm.

»Tatsächlich. Es geht nicht.«

Mit Daumen und Zeigefinger versuchte ich, in Mutsukos Arm zu kneifen, aber ihre Haut war dafür zu straff. Vielleicht war sie körperlich nicht einmal fünfundzwanzig und wirkte nur älter, weil ihr Benehmen so gesetzt war.

»Du hast mich Ende letzten Jahres gesehen, nicht wahr? Jetzt haben wir Mai. Wie soll das weitergehen?«

Sie hatte Mühe, ihre innere Erregung zu beherrschen. Ihre Stimme war leise, aber ihre Brust hob und senkte sich, als müsste sie nach Atem ringen.

In ein Badetuch gehüllt, kam Mutsuko aus der Dusche. Als sie die Tür hinter sich schloss, sah ich sie von der Seite. Ihr Anblick berührte mich tief. Sie hielt sich kerzengerade und strahlte die Unnahbarkeit eines Menschen aus, der die Last einer Tragödie trägt.

Sie sah mich an.

Mein aufkeimendes Begehren verschwand.

Das Badetuch glitt zu Boden.

Sie war wunderschön.

Doch in Mutsukos Augen stand Traurigkeit, sie glänzten vor Tränen. Ohne sich zu rühren, streckte sie die Hände nach mir aus, als wäre sie hinter einem Zaun gefangen.

Ich lief zu ihr und nahm sie in die Arme.

Schluchzend klammerte sie sich an mich wie eine Ertrinkende.

Ein paar Wassertropfen perlten ihren glatten Hals hinunter. Als ich ihre geschmeidigen Schultern streichelte, überfiel mich erneut heftiges Verlangen, und ich presste meine Lippen auf die ihren.

Ich wusste natürlich um die Angst, die Mutsuko fest im Griff hielt. Was würde aus Mutsuko werden, wenn der Verjüngungsprozess weiter voranschritt? Ich konnte es mir ebenso wenig vorstellen wie sie. Würde sie wieder zum Mädchen, dann zum Kleinkind und dann …?

»Es ist seltsam«, sagte sie schwer atmend, »dass eine Frau ohne Zukunft Angst vor ihrer Zukunft hat.«

»In deinem Fall ist das nur zu verständlich.«

»Ich kann mich nicht an meiner Jugend freuen.«

»Du wirst so bleiben, sicher.«

»Ich muss daran glauben.«

»Du bist wunderschön.«

»Schau mich an.«

Schau meine Jugend an, wollte sie sagen.

Wir fielen auf das Bett. Ich fasste sie an, berührte sie zart, streichelte und rieb sie, drehte sie auf den Bauch, dann wieder auf den Rücken, presste meine Lippen überall auf ihre Haut, fuhr mit der Zunge darüber, saugte an ihr, drang in sie ein. Ich spürte eine magische Kraft in mir, glaubte zu spüren, dass nicht nur ich, sondern auch das Etwas, das mir diese Kraft verlieh, durch mich Mutsukos Jugend bewunderte und genoss. Es war nichts Böses. Göttlich war es wohl ebenso wenig. Ich konnte mir nicht vorstellen, ein Gott bediene sich meiner, um Mutsukos Geschlecht zu lecken.

Die Vorstellung einer magischen Kraft wurde vermutlich durch meine Ohnmacht geweckt. Mutsukos Verwandlung war im Grunde nicht menschenmöglich, und meine sexuelle Potenz schien mir auch nicht ganz meine eigene zu sein. Immerhin war ich achtundvierzig.

Als die Nacht zur Hälfte vergangen war, sehnte ich mich nach Ruhe. Im Nachhinein erschien mir alles die Folge der Erregung eines Mannes in mittleren Jahren angesichts einer schönen jungen Frau. Mehr nicht. Mein Übermaß an Gefühlen hatte mich wohl an »eine übersinnliche Macht« denken lassen.

Sacht spürte ich Mutsukos Haar an meinem Kinn, ihre Wange auf meiner Brust. In ruhigem Einklang mit meinen Atemzügen hoben und senkten sich ihre weißen Schultern.

Ich streichelte ihr Haar.

Es war schwarz und glatt, und jedes einzelne davon strotzte vor Lebenskraft. Wie sah mein Haar dagegen aus? Mit zwanzig hatte ich genauso starkes Haar gehabt, aber jetzt war es kraftlos und grau.

Bei Mutsuko war es ebenso gewesen.

Wenn all dies kein Trick war, musste tatsächlich etwas Übernatürliches im Spiel sein. Eine ehemals alte Frau mit schütterem weißem Haar lag als junge Schönheit neben mir. Eventuell hätte ich in Zweifel ziehen können, dass die ältere Frau im Krankenhaus und die (in Tokio wiederaufgetauchte) Mutsuko identisch waren, aber es war ausgeschlossen, dass die Anfang Vierzigjährige von vor zwei Monaten und die Frau, die jetzt in meinen Armen lag, zwei verschiedene

Personen waren. Das hatte nichts mit einem Übermaß an Gefühlen zu tun. Und niemand auf der Welt außer Mutsuko und mir wusste davon.

Durfte man ein Phänomen wie dieses als Privatangelegenheit behandeln und für sich behalten? Oder musste man es öffentlich machen, dafür sorgen, dass es bekannt wurde? Das Wunder ihrer Verjüngung sollte im Grunde von Wissenschaftlern untersucht werden.

Ihr ginge dann allerdings jede Privatsphäre verloren, und das, obwohl sie vielleicht, wie sie selbst befürchtete, nicht mehr lange zu leben hatte.

Möglicherweise würde sie sich in ein Mädchen verwandeln, dann in ein Kleinkind, dann in ein Baby und schließlich ganz verschwinden. Wer konnte garantieren, dass es nicht so kommen würde? Ich hätte es nicht ertragen, wenn sie und ihr Leben nicht nur der Wissenschaft, sondern auch der öffentlichen Sensationsgier anheimfallen würden.

Vielleicht gab es solche Phänomene sogar häufiger auf der Welt, und es geschahen Wunder, die man, um Aufsehen zu vermeiden, unter Verschluss hielt. Vielleicht öfter, als man ahnte.

»Morgen …«, murmelte Mutsuko.

»Was ist morgen?«

»Würdest du morgen einen Fotoapparat kaufen und Bilder von mir machen?«

»Mache ich gerne. Lass mich dich fotografieren.«

»Da bin ich froh.«

»Ich auch.«

»Warum?«

»Ich hatte Angst, du würdest morgen früh nicht mehr hier sein.«

»Ich bleibe.«

»Wunderbar.«

»Kannst du wieder um halb sechs herkommen?«

»Ich gehe morgen nicht ins Büro.«

»Das ist aber nicht gut.«

»Keine Sorge. Es gibt dort sowieso nichts zu tun.«

»Ich bin so müde.

»…«

»Ich möchte nicht schlafen, aber ich kann mich nicht dagegen wehren …«

»…«

Am nächsten Morgen rief ich zu Hause an und sagte, dass es seit Langem mal wieder viel Arbeit im Büro gebe. In der Firma meldete ich mich krank.

Stumm stand Mutsuko neben mir, während ich meine Frau belog. Bei meinem Telefonat mit der Firma blickte sie beiseite. Eigentlich war sie nicht die Frau, die einen Mann zu so etwas brachte. Doch nun blieb ihr einfach nicht mehr genug Zeit. Sie musste ihr Herz verschließen und ihre Interessen durchsetzen.

Eigensüchtige Frauen waren mir meist zuwider, aber das Schweigen, mit dem Mutsuko meine Lügen mit anhörte, rührte mich.

Sie bestellte Frühstück beim Zimmerservice.

Beim Gedanken an die Kosten zog sich mein Magen zusammen. Eine weitere Nacht in diesem Hotel, und ich wäre pleite. Außerdem wollte sie einen Fotoapparat. Den konnte ich wenigstens auf Raten kaufen, noch eine Übernachtung konnte ich mir jedenfalls nicht leisten.

Ich dachte kurz daran, einen Sofortkredit aufzunehmen. Ohne Gehaltsbescheinigung schied diese Möglichkeit bedauerlicherweise aus.

»Ich habe genügend Geld bei mir«, sagte Mutsuko, als hätte sie meine Gedanken gelesen. »Mach dir deshalb keine Gedanken.«

»Das geht doch nicht.«

»Es ist nicht so viel, dass ich es aus dem Fenster werfen kann, aber ein wenig Luxus können wir uns gönnen.«

Sie war mit einem Mann verheiratet gewesen, der für die Stadt im Norden, in der sie wohnten, als recht wohlhabend gelten konnte. Es war sie, die die eheliche Gemeinschaft verlassen wollte, deshalb bezog sie kein Geld aus der Scheidung. Da sie sich damals seit Längerem mit dem Gedanken an Trennung trug, hatte sie jedoch einiges beiseitegelegt.

»In diesem Punkt habe ich Stärke bewiesen.« Sie lächelte bitter. »Die Stärke hat letztlich aber nicht gereicht. Ich habe mich auf die Schienen geworfen.«

»An einem Bahnhof?«

Sie berichtete mir, dass sie gerettet wurde, sich aber die eine schwere Verletzung zugezogen hatte.

»Vielleicht bin ich ja doch nicht davongekommen.«

»Was meinst du damit?«

»Vielleicht ist es damals geschehen. Das, was mich so verändert hat.« Wieder dieses schmerzliche Lachen.

Als die junge Mutsuko mir von ihrem Leben als ältere

Ehefrau in Hokuriku erzählte, spürte ich, wie wir in unser beider verrückter Welt versanken. Ich fühlte mich meinem Alltag weit entrückt. Eine Last fiel von mir ab. Entspannt und befreit gab ich mich ganz meiner Leidenschaft hin.

Später kleidete Mutsuko sich an. Sie trug nun eine cremefarbene Hose und eine weiße Bluse, dazu eine gelbe Sommerstrickjacke und einen hellgrünen Schal. Die Sachen waren dezent, verstärkten in mir aber das Gefühl von Realität. Zum ersten Mal sah ich Mutsuko in einer ihrer Jugend angemessenen Garderobe.

»Ich weiß nicht, wie ich mein Haar tragen soll.«

Sie zog eine Nadel aus ihrer Hochfrisur.

Vermutlich war ich von dieser Frau besessen. Es war mir eine traumhafte Verlockung, nur noch in Mutsukos Schönheit zu schwelgen und auf jede gesellschaftliche Anerkennung zu verzichten. Aussteigen, nur noch für Mutsuko da sein, ja, das wollte ich.

Gemeinsam gingen wir durch die Einkaufspassagen im Bahnhof Shinjuku West und kauften einen Fotoapparat.

Es machte mir Spaß, in dem vollen Geschäft über den Preis zu verhandeln.

Shinjuku, der Stadtteil, in dem ich Tag für Tag meiner Arbeit im Büro nachging, erschien mir plötzlich exotisch.

Noch im Laden legte ich einen Film ein. Kaum waren wir draußen, machte ich Bilder von Mutsuko. Ich war voller Bewunderung für ihre Schönheit. Jede ihrer Bewegungen begeisterte mich.

Wir setzten uns auf die Terrasse eines Cafés zu Füßen eines Hochhauses. Wieder machte ich zahllose Aufnahmen von ihr. Und wenn ich sie nicht fotografierte, starrte ich sie verzückt an.

»Sieh doch mal woanders hin«, sagte sie mit verlegenem Lächeln.

»Ich will nicht.«

»Die Leute schauen schon.«

»Ist mir egal.«

Ich war fast sicher, dass um diese Zeit keiner meiner Kollegen hier unterwegs war, und selbst wenn, ich hatte keine Angst davor, gesehen zu werden. Es hätte mir nichts ausgemacht. Es war, als könnte ich mich durch meine Hingabe an diese Frau am Arbeitsleben rächen, mich für alles entschädigen.

»Nur etwas müsstest du noch ändern«, sagte ich.

»Was denn?«

»Deine Sprache passt nicht zu einer so jungen Frau.«

Sie senkte kurz den Blick und sagte plötzlich:

»Was willste hören?«

»Jetzt übertreibst du.«

»Finde ich nicht. Es gibt viele Mädchen, die so reden. Ich habe sogar gehört, wie eine sich selbst als Kerl bezeichnet hat.«

»Dann solltest du wohl dabei bleiben.«

»Mag sein, aber man kann nicht von heute auf morgen einfach seine Sprache umstellen. Ich neige zu Wendungen wie, ›Wenn Sie bitte hier hereinschlüpfen möchten‹. O Mann, es ist schon fast zwei. Hast du Lust auf Pizza, Alter?«

»Jetzt redest du wie eine Halbstarke.«

Wir lachten, und ich glaubte, ich könnte wirklich glücklich sein, wenn ich mich nur trauen würde.

Wir gingen ins Hotel zurück und aßen auf der Terrasse Pizza.

Als wir in unser Zimmer zurückkamen, schien dort die Nachmittagssonne hinein.

Ich zog die Vorhänge zu, denn ich dachte, Aktfotos würden mit Blitz besser gelingen.

Mutsuko sträubte sich nicht und zog sich rasch aus. Um die Druckstellen zu mildern, an denen sich der Gummi ihres Slips abzeichnete, massierte sie die Haut. Ich wollte ihr behilflich sein und presste meine Lippen auf die Stellen. Mutsuko erhob noch Einspruch, aber ich begehrte sie so sehr, dass der Fototermin verschoben werde musste.

Das Klingeln des Telefons weckte mich.

Es war die Rezeption.

»Entschuldigen Sie die Störung, aber es ist elf Uhr. Checken Sie aus?«

Mutsuko war nicht mehr da.

»Ihre Gattin hat uns gebeten, uns nach Ihnen zu erkundigen.«

»Ich komme gleich nach unten.«

Mutsuko war doch gegangen.

»Du gehst nicht fort, oder?«, hatte ich mich vor dem Einschlafen erneut vergewissert.

»Nein, ich gehe nicht.«

»Ich will nicht, dass du fort bist, wenn ich aufwache.«

»Ich werde bleiben.«

Sie hatte mich belogen.

Alle Kraft verließ mich.

»Mutsuko ist gegangen«, jammerte ich laut und warf mich zu Boden. Nur mit größter Mühe schaffte ich es, mich anzuziehen.

Wenigstens waren die Filme noch da. Es waren so viele, dass meine Taschen völlig ausgebeult waren.

Ich gab den Schlüssel an der Rezeption ab.

»Ich bin eine halbe Stunde zu lange geblieben.«

»Das macht nichts. Vielen Dank.«

Mutsuko hatte wieder einmal alles bezahlt.

Den Fotoapparat in der Hand trat ich unsicher in das helle frühsommerliche Licht auf der Straße. Es war so grell, dass ich die Augen schloss.

An diesem Abend war meine Frau zu Hause. Auch Shin'ichi war da, und wir aßen zu dritt zu Abend. Danach stand ich im Wohnzimmer und schaute in unseren Garten hinaus.

Ich hörte, wie meine Frau in der Küche das Geschirr abwusch.

Sie fragte nicht weiter, als ich ihr erzählte, dass ich am Tag zuvor aus beruflichen Gründen nicht hatte nach Hause kommen können. »Ab und zu ist das doch nicht schlecht«, sagte sie nur in heiterem, aufmunterndem Ton. Meine Abwesenheit schien sie nicht besonders zu beschäftigen.

An der Gartenlaterne hing ein Spinnennetz.

Plötzlich stand Shin'ichi hinter mir.

Ich sah sein Spiegelbild in der Fensterscheibe.

»Vater«, sprach er mich leise an. »Ich habe dich gestern in Shinjuku gesehen.«

4

Weiß deine Mutter davon?«, flüsterte ich.

»Glaubst du, ich würde ihr so was erzählen?«, flüsterte er zurück.

Mein Sohn überragte mich fast um Haupteslänge.

Aus der Küche ertönte das Klappern von Geschirr.

»Komm, wir gehen auf dein Zimmer.«

»In Ordnung.«

Shin'ichi wandte sich zur Treppe. Als ich ihm folgte, rief meine Frau: »Es gibt noch Eis!«

»Vielleicht später. Ich gehe kurz zu Shin'ichi rauf.«

»Warum denn?«

»Ich will mir seine Schallplatten anschauen.«

»Das ist ja mal was ganz Neues.«

Wir gingen die Treppe hinauf. Die Tür zu seinem Zimmer stand offen. Ich kam wirklich zu selten hierher.

Es schien mir, als würde ich seit Langem einmal wieder das Haus eines alten Freundes betreten. Im Grunde hatte das Zimmer meines Sohnes sich nicht verändert, er hatte jedoch viele neue Gegenstände, die ich noch nie gesehen hatte.

Gewiss hatte unsere Entfremdung mit meiner Versetzung zu tun, die mich von Zuhause ferngehalten hatte, vielleicht aber auch damit, dass Shin'ichi sein Zimmer als eine Art Sperrzone betrachtete.

»Setz dich da aufs Bett«, sagte er. Er selbst drehte seinen Schreibtischstuhl in meine Richtung.

»Willst du wirklich was hören?«

»Was denn hören?«

Ich sah durchs Fenster nach draußen.

»Schallplatten, natürlich.«

»Eigentlich nicht.«

»Aber Mutter wundert sich vielleicht, wenn sie keine Musik hört.«

»Dann spiel was.«

»Was möchtest du hören?«

»Ich kenne mich da nicht so aus.«

Shin'ichi stand auf, schaltete den Lautsprecher ein und fuhr mit dem Finger an seinen Schallplatten entlang. Ich war erleichtert, denn ich hatte befürchtet, er würde mir mit der Wut und Enttäuschung eines Sohnes begegnen, der seinen Vater mit einer jüngeren Frau ertappt hat. Eventuell hatte er schon aufgegeben und betrachtete mich längst nicht mehr als Vater, den es zu überrunden galt, sondern als einen neurotischen Versager, der seine Beförderung zum stellvertretenden Verkaufsleiter nicht verkraftet hatte.

Die Nadel kratzte, als er sie aufsetzte. Sofort ertönte laute Gitarrenmusik.

»Mach leiser!«

»Das muss so laut sein, sonst hat es keinen Sinn.«

»Keinen Sinn?«

»Sonst klingt es nicht richtig.«

»Ich bin nicht gekommen, um Musik zu hören.«

»Aber klingt doch gut, oder?«

»Na ja.«

»Ist doch cool, oder?«

»Ja, ja.«

»Steh doch nicht so rum, setz dich.«

»Gleich. Ich habe schon so lange nicht aus dem Fenster hier gesehen. Der Anblick ist so frisch.«

»Pass auf, gleich!«

Er hob die Hand und bedeutete mir zu schweigen.

»Hör mal! Jetzt!«

Er deutete auf den Lautsprecher.

Die Gitarre wechselte in einen anderen Rhythmus.

Ich war überrascht. Offenbar wünschte mein Sohn sich, dass ich seine Musik mit ihm hörte. Unglaublich, aber wahr.

Er wollte von mir verstanden werden. Er wollte, dass ich seine Musik hörte. Das hatte ich nicht einmal im Traum zu hoffen gewagt und konnte mich deshalb nur schwer darauf einlassen. Ich blieb wie angewurzelt stehen und starrte auf die etwa drei Meter breite menschenleere Straße vor dem Fenster.

Bedürfnisse wie diese hatte ich bei meinem Sohn, der mittlerweile schon im dritten Jahr studierte, nicht mehr erwartet. Anscheinend war er doch noch nicht ganz erwachsen. Ein Gefühl väterlicher Liebe ergriff mich, und ich wandte mich langsam um.

Er drehte an der Stereoanlage, mir den Rücken zugewandt. Die Musik wurde leiser.

»Der Rest ist nicht besonders gut.«

»Verstehe.«

»Willst du dich nicht setzen?«

Beinahe freudig überrascht, ließ ich mich endlich auf dem Bett nieder.

»Tut mir leid. Ich habe euch in den Aufzug steigen sehen.«

»Wo?«

»In der Nähe der Rezeption …«

»Ich meine, wo hast du mich zuerst gesehen?«

»In dem Fotoladen – Yodobashi.«

Das bedeutete, er hatte alles gesehen. Das ganze Theater, das ich vor aller Augen um Mutsuko gemacht hatte.

»Das waren ungefähr zwei Stunden, nicht?«

»So lang kam es mir nicht vor.«

»Aha.«

»Vielleicht weil ich mir die ganze Zeit überlegt habe, ob ich dich ansprechen soll oder nicht.«

Trotz des Unbehagens, das er empfunden haben musste, griff er mich nicht an, sondern spielte mir erst mal ein Musikstück vor. War er doch schon so erwachsen, dass er Mitleid mit seinem Vater hatte? Andererseits hatte er uns zwei Stunden lang unschlüssig beobachtet, was wiederum auf seine Unerfahrenheit hindeutete. Es freute mich fast ein wenig, dass mein Sohn so großes Interesse an mir zeigte. Dennoch hatte ich im Grunde keine Ahnung, was in ihm vorging.

»Du hast also gelogen? Du hattest gar nichts Wichtiges im Büro zu tun.«

»Na ja …«

Ich schämte mich, von meinem Sohn bei einer Lüge ertappt worden zu sein, herausreden konnte ich mich jetzt allerdings nicht mehr.

»Wer ist die Frau?«

»Tja also ...«

»Deine Geliebte?«

»Ja.«

»Das hätte ich nicht erwartet.«

»Was denn?«

»Dass du so was machst.« Er senkte den Blick.

»Na ja ...«

»Sie ist so hübsch. Und jung.«

»Na ja ...« Das war kein Grund zur Freude.

»Du hast dir also eine Geliebte geangelt.«

»Geangelt kann man nicht direkt sagen. Eigentlich hat es sich eher so ergeben.«

»Von dieser Seite kenne ich dich ja gar nicht.«

»Normalerweise mache ich so etwas nicht.«

»Was sie wohl an dir findet?«

»Woher soll ich das wissen?«

»Du bist mein Vater, also habe ich bestimmte Eigenschaften von dir geerbt. Als ich diese unbekannte Seite an dir sah, fragte ich mich, ob ich vielleicht auch solche verborgenen Seiten habe. Darüber habe ich die ganze Zeit nachgedacht, deshalb sind die zwei Stunden so schnell vergangen.«

Ich überlegte kurz, ob ich versuchen sollte, ihm weiszumachen, die ganze Sache hätte berufliche Hintergründe. Mutsuko sei eine Art Industriespionin und keineswegs meine Geliebte. Andererseits wollte ich ihm mit der Affäre mit einer so hübschen Frau imponieren.

»Gehört die Nikon dir?«

»Wie?«

»Die Kamera, die du dabeihattest.«

»Ach die, ja.«

Eigentlich gehörte sie ja Mutsuko, aber es gelang mir nicht, die Wahrheit zu sagen.

»Darf ich sie mir mal leihen?«

»Ja, sicher.«

War er noch ein Kind oder schon ein erwachsener Mann? Vermutlich stand er einfach dazwischen.

»Was ich eigentlich sagen wollte ...«, er drehte sich spontan zum Schreibtisch und zog eine Schublade auf.

Ich war auf eine Überraschung gefasst, aber er nahm nur eine Nagelschere heraus.

»Du solltest ein bisschen vorsichtiger sein. In Shinjuku kann man jederzeit irgendwelche Bekannte treffen.«

»Stimmt.«

»Und dann weiß Mutter sofort Bescheid.«

»Da hast du Recht.«

»Das war's. Du kannst gehen.«

Er hob eine Radiozeitschrift vom Boden auf und fing an, sich die Nägel zu schneiden.

Noch immer ertönte leise Gitarrenmusik.

Du kannst gehen. So einfach servierte er mich ab. Es ist nicht, wie du denkst, drängte es mich zu sagen. Das ist keine traurige Affäre deines unfähigen Vaters, über die man sich offenbar nicht einmal mehr aufzuregen braucht. Es ist eine unfassbare Erfahrung. Vermutlich würde er mir die Geschichte nicht glauben. Ich hatte keinerlei Beweise. Ich konnte ihm die Fotos von Mutsuko zeigen, aber welchen Sinn sollte das haben, wenn ich keine älteren zum Vergleich besaß.

Ich erhob mich und warf noch einen Blick auf Shin'ichis Rücken. Im Flur schloss ich die Tür hinter mir.

Die Filme.

Die Bilder, die ich im Freien gemacht hatte, konnte ich entwickeln lassen, aber die aus dem Zimmer konnte ich schlecht in einem Geschäft abgeben. Jeden Winkel ihres Körpers hatte ich fotografiert. Es war der Körper einer gesunden jungen Frau. Feste Schultern, flaumige Härchen, schwacher Achselgeruch. Ein Pickel auf dem Rücken. Der sanfte Schwung ihres Rückens und ihr weißer Po. Der Abdruck meiner Hand darauf, das langsam verblassende Rot. Ihr Busen, der auch noch wohlgerundet war, wenn sie auf dem Rücken lag. Wie weich er sich anfühlte! Dann das zarte Rosa ihrer Brustwarzen, die sich versteiften, sobald ich sie berührte. Ihr Bauchnabel. Das schwarze, leicht gelockte Schamhaar, weder zu dicht noch zu dünn, auf ihrer weißen Haut. Ihre gespreizten Beine und ihre Vagina dazwischen. Das junge Geschlechtsteil, die Farbe des Fleisches, sein Atmen. Ihre üppigen Oberschenkel und ihre Wärme und die Welt dazwischen, in die ich mein Gesicht versenken konnte …

Von Verlangen überwältigt blieb ich mitten auf der Treppe stehen. Kaum hatte ich die Tür des Kinderzimmers geschlossen, überkamen mich diese Gelüste. War ich ein schlechter Vater? Andererseits hat Vaterschaft immer etwas Gestaltloses an sich …

»Was ist mit dir?«

Meine Frau sah zu mir hoch.

»Ach, nichts weiter …«

»Warum bleibst dann stehen? Ist dir nicht gut?«

»Geht schon wieder.«

Ich tat so, als litte ich noch unter den Nachwirkungen meiner emotionalen Instabilität.

Ich ging in die Küche und aß das Eis.

»Eigentlich«, eröffnete ich ihr, »habe ich dir nicht die ganze Wahrheit gesagt.«

»Ach?«

Meine Frau aß ebenfalls Eis und las dabei Zeitung.

»Ich habe allein in einem Hotel übernachtet. Außerdem habe ich mir eine teure Kamera gekauft. Irgendwie hatte ich den Drang, etwas Verrücktes zu tun.«

»Das kann man nicht verrückt nennen.«

»Findest du?«

»Hattest du genug Geld dabei?«

»Es hat gerade so gereicht.«

»Zwanzig- oder dreißigtausend Yen extra kann man schon mal ausgeben.«

Sie blätterte in ihrer Zeitung.

War sie so nachsichtig, weil sie mich noch für krank hielt, oder war es bloß Desinteresse?

Mir war selbst unklar, worauf ich hinauswollte. Frustriert aß ich das Eis auf.

Am Sonntag streifte ich durch Yokohama.

Ich hatte nicht die geringste Ahnung, wie ich Mutsuko finden sollte, die Suche allein schien mich ihr jedoch näher zu bringen.

Das Haus der Familie Kizuki befand sich in einem alten Wohnviertel, das an der Toyoko-Bahnlinie lag, von Tanmachi aus in Richtung der Berge. Es war ein einstöckiges, etwa zweihundertfünfzig Quadratmeter großes Haus, umgeben von einer Betonblockmauer. Das Haus – aus Holz und vermutlich über zwanzig Jahre alt – stand an der Ostseite einer ungefähr vier Meter breiten Straße. Der Eingang, der nach Südosten wies, war mit modernen Materialien angebaut. Die Fenster beider Stockwerke hatten neue Aluminiumrahmen. Auf der Nordseite hatte man ein Zimmer hinzugefügt. Insgesamt machte das Haus einen gepflegten Eindruck. Als Fachmann hätte ich der Familie vorgeschlagen, das alte Haus vollständig durch einen unserer Fertigbauten zu ersetzen. Dieser Gedanke hatte etwas von einer verblassten Erinnerung an längst vergangene Zeiten.

Ich läutete.

»Ja, bitte?«, meldete sich die Stimme einer Frau mittleren Alters über die Sprechanlage.

»Ich bin von der Firma *Tokio – Hausbaumaterialien.* Wir führen zurzeit eine Umfrage zum Thema Renovierungen und Anbauten durch.«

»Tut mir leid. Ich habe zu tun.«

Sie legte auf. Ich klingelte noch einmal.

»Ich sagte Ihnen doch, ich bin beschäftigt.«

Sie klang ärgerlich.

»Nur eine Frage: Wohnen in Ihrem Haushalt auch ältere Menschen?«

»Nein.« Sie legte auf. Mutsukos Schwägerin war ihrerseits eine ältere Person, die hier wohnte. Sollte die Frau an der Sprechanlage die Unwahrheit gesagt haben, konnte ich jedenfalls nichts dagegen machen. Außerdem war Mutsuko kein älterer Mensch mehr, also war meine Frage sinnlos.

Mir war ja klar, dass Mutsuko dort nicht wohnte.

Ich ging den Hang hinunter in Richtung der Station Tanmachi.

Für mein berufliches Versagen hätte ich mich im Grunde schämen müssen und mein Bestes tun, um es wieder wettzumachen. Es erschien mir aber so gut wie unmöglich, mich bis zum Ruhestand zu rehabilitieren. Und einmal angenommen, es würde mir tatsächlich gelingen: Was würde es mir bringen?

»Wie war das vor der Erfindung des Heißluftballons?«, sagte plötzlich eine Stimme in meinem Kopf.

Heißluftballon? Wo kam das nun her?

»›Sind Sie so sicher, dass wir uns im Raum frei bewegen können? Nach rechts und links, vorwärts und rückwärts können wir uns relativ ungehindert fortbewegen, und das haben die Menschen auch seit jeher getan. Wie steht es jedoch mit aufwärts und abwärts? Hier setzt uns die Schwerkraft Grenzen.‹«

Der Text stammte von H. G. Wells. Wieso fiel er mir plötzlich ein?

Die Zeitmaschine. Wir hatten das Buch damals in der Schule gelesen.

»›Der Mensch kann, die Schwerkraft überwindend, mit einem Ballon in die Höhe steigen; warum sollte er nicht Grund zu der Hoffnung haben, eines Tages auch das Gleiten entlang der Zeitdimension aufhalten oder beschleunigen zu können. Oder sogar umzukehren und in entgegengesetzter Richtung zu reisen?‹«

Verwirrt blieb ich stehen und drehte mich um.

Auf der Straße war kein Mensch zu sehen. Vielleicht befand sich Mutsuko dennoch in der Nähe, da mir diese längst vergessene Stelle so unvermutet wieder eingefallen war?

Noch immer war weit und breit niemand zu entdecken. Vor mir erstreckte sich nur die halb von der Sonne erleuchtete, helle Straße. Ich setzte mich wieder in Bewegung.

Mein Französisch war passabel, wenn ich mit Mutsuko zusammen war, ich verstand bloß einige Worte nicht. Das bedeutete, ich erinnerte mich an Dinge, die ich in der Vergangenheit schon beherrscht hatte. Es verhielt sich nicht so, dass ich plötzlich über ganz neue Fähigkeiten verfügte, mir fiel nur ein, was ich einmal gewusst, inzwischen jedoch vergessen hatte. Demnach wurden Erinnerungen, die irgendwo in meinem Kopf gespeichert waren, wieder aktiviert. Hatte Mutsuko möglicherweise Anteil an diesem Prozess? Legte sie Fähigkeiten frei, die längst von Alltagsdingen überlagert worden waren?

Nein, das konnte nicht sein. Als ich das Zugunglück

vorausgeahnt hatte, hatte ich sie noch gar nicht gekannt. Allerdings lagen wir damals auf dem gleichen Krankenhausflur.

Standen Mutsuko und ich unter dem Einfluss einer unsichtbaren Macht? Sie in noch stärkerem Maß als ich? Aber vielleicht ging der Schluss, dass Mutsuko in der Nähe war, weil mir plötzlich der schon fast vergessene Text von H. G. Wells einfiel, etwas zu weit.

Auf meinem Weg den Hang hinunter zum Bahnhof drehte ich mich immer wieder um. Von Mutsuko war nichts zu sehen.

Noch zweimal wurde ich an diesem Tag auf etwas gestoßen, das mich an sie erinnerte. Beide Male durch einen Zeitungsartikel.

Ich saß auf einer Bank im Yamashita-Park in Yokohama, als mir eine Zeitung vor die Füße flog. Nie zuvor hatte ich eine Zeitung von der Straße aufgehoben. Von diesen Blättern ging jedoch eine gewisse Aura aus (der okkultistische Ausdruck missfällt mir, aber ich weiß nicht, wie ich es anders beschreiben soll), so dass ich sie an mich nahm.

Es war eine *Yomiuri*, in der ich folgende Agenturmeldung fand. Der Leiter (64) der staatlichen Veterinärklinik im Kreis Yanggu, Provinz Shandong, war zwischen Mitte vierzig und fünfzig rasant gealtert. Er verlor zwei Vorderzähne, sein Haar ergraute vollständig, und er konnte ohne Brille nicht mehr lesen. Als er aber achtundfünfzig war, wurde das Haar wieder schwarz, die beiden Zähne wuchsen nach, die Sehkraft kehrte zurück. Sein Gedächtnis und sein ganzes Verhalten waren auf einmal wieder so kraftvoll wie bei einem

Zwanzigjährigen. Medizinische Gründe für dieses Phänomen konnten bisher nicht festgestellt werden.

Auf der Rückfahrt nach Tokio war es eine Ausgabe der *Asahi*, die im Gepäcknetz lag und mein Interesse erregte.

Professor S. Hawking (43) von der Universität Cambridge, der für seine Theorie der schwarzen Löcher berühmte Forscher, erklärte anlässlich der Eröffnung einer Konferenz der Gesellschaft für Grundlagenphysik an der Universität Kioto: »Wenn das Universum, das sich gegenwärtig ausdehnt, ins Zeitalter der Kontraktion eintritt, wird sich die Zeitrichtung umkehren.« Der Vortrag zum Thema Zeitpfeil begann mit einem Film, bei dem das Zerbrechen einer Kaffeetasse rückwärts abgespielt wurde. Wie bei der Tasse, die in tausend Stücke zerspringt, verläuft – uns allen bekannt – die Zeit also vom Zustand der Ordnung zu dem der Unordnung. Das ist der zweite Hauptsatz der Wärmelehre, der die Zunahme der Entropie beschreibt. Es gebe keine Garantie, dass die Ausrichtung dieses thermodynamischen Zeitpfeils während der andauernden Ausdehnung des Universums nach dem Urknall auch in der Zukunft die gleiche bleiben würde, behauptete der Gelehrte. Ginge man davon aus, das Universum und die Zeit seien in vier Dimensionen eingeschlossen, dann kehre sich mit Beginn der Kontraktion die Richtung der thermodynamischen Zeit um, verlaufe also vom Zustand der Unordnung zu dem der Ordnung, wie er sagte.

Was war schon Mysteriöses dabei, dass ich diese beiden Artikel entdeckt hatte? So etwas konnte genauso gut reiner Zufall sein.

An diesem Tag war ich in exaltierter Stimmung. Obwohl ich es zu verbergen suchte, fühlte ich mich wie in meiner Jugend, als ich, wenn ich verliebt war, alles, was ich sah oder las, mit jener einen Frau verband.

Bei meinem Versuch, dem erstickenden Alltag eines Mannes in mittleren Jahren zu entfliehen, verfiel ich in eine Regression, die eines Erwachsenen unwürdig war – na und? Ich durchstreifte auf der Suche nach Mutsuko nachts die ganze Stadt – na und? Ohne zum Abendessen nach Hause zu kommen – na und? Ohne anständig meiner Arbeit nachzugehen – na und? Obwohl mein Sohn schon studierte – na und? Obwohl meine Frau nicht einmal besonders unerträglich war.

Wenn ich Mutsuko in einem Viertel nicht fand, hatte ich das Gefühl, dass sie gewiss irgendwo in einer dunklen Gasse im nächsten Viertel sein musste. Nachdem ich die Gasse durchstreift hatte, nahm ich mir die nächste Straße vor, getrieben von der vagen Ahnung, sie dort zu finden. Erschöpft suchte ich immer weiter, folgte der Fata Morgana, die mein Wunschdenken mir vorgaukelte. Fast schon resigniert, wanderte ich stocknüchtern durch Scharen von Betrunkenen.

»Sie wollen nicht zum Tier sich wandeln lassen, drum ergeben sie sich dem Trunk.« – Das war doch Baudelaire? Ausgerechnet Baudelaire. Ich benötigte keinen Alkohol, wurde halb zum Tier, empfand diesen meinen Zustand mit Lust und streifte bis tief in die Nacht durch die Stadt.

Am nächsten Morgen – der Weg zum Büro.

»Aus der unreinen Städte schwarzem Ozean…« Wieder Baudelaire. Seit meiner Zeit an der Universität hatte ich die Gedichte nicht mehr gelesen.

»Anpassungsschwierigkeiten sind in gewissem Sinne, also ich meine, sogar im grundlegenden Sinne des menschlichen Daseins, eigentlich eine gesunde Reaktion. Ich sage das nicht nur, weil ich Leiter der Reha-Abteilung bin. Vielleicht sind ja gerade die gestört, die sich dem Rationalisierungsprozess des Unternehmens allzu schnell anpassen und gute Ergebnisse erzielen: Menschen, die keine Gefühle haben, keine eigenen Meinungen und Wünsche. Vertrete ich allerdings der Firma gegenüber diese Auffassung, würden wir keine Gehaltserhöhung bekommen. Solange man bei einer Firma tätig ist, hat man keine andere Wahl, als ihr zu dienen. Darauf fußt der Erfolg eines Mannes. Was ist denn mit Ihnen nur los? Sie sind in letzter Zeit so merkwürdig. Darf ich Sie darauf aufmerksam machen, dass Sie Verkaufsleiter sind? Benehmen Sie sich gefälligst entsprechend. Ansonsten kann ich Sie nicht mehr decken.«

Ich kann mir selbst nicht erklären, warum ich auf dem Rückweg von der Firma nicht nach Hause, sondern nach Shibuya fuhr. Da ich seit dem Vortag unablässig von Ahnungen befallen wurde, konnte ich nicht beurteilen, ob es sich auch in diesem Fall um eine handelte.

Wie in Trance kaufte ich einen Fahrschein, stieg in die Bahn und in Shibuya wieder aus.

Als ich auf der großen Kreuzung vor dem Bahnhof in der Nähe des Kaufhauses Seibu stand, ging Mutsuko an mir vorbei. Sie ging von der rechten Seite hin zur linken. Freude durchzuckte mich, noch bevor ich sie richtig wahrgenommen hatte.

Sie lief zu einer Unterführung, passierte sie und eilte dann durch die Menschenmenge in Richtung Miyamasuzaka.

Selbstverständlich folgte ich ihr. Dabei fragte ich mich, warum ich in der Frau vor mir überhaupt Mutsuko erkannt hatte. Sie hatte eine ganz andere Frisur, trug eine weiße Jacke mit breiten Schultern und darunter eine rote Bluse. Dazu eine weite Hose und flache gelbe Schuhe. Ich erhaschte einen Blick auf den roten Riemen ihrer kleinen Tasche und ihr stark geschminktes Gesicht.

Sie hatte auch einen anderen Gang als noch vor drei Tagen. Diese Frau schritt selbstbewusst und lässig aus.

Die Ampel wurde rot.

Mutsuko rannte. Ich hinterher.

Ihren schnellen Schritt verlangsamte sie auch auf der anderen Straßenseite nicht. Es sah aus, als wäre sie auf der Flucht. Vor mir? Vielleicht floh sie wirklich vor mir. Ich folgte ihr rasch und rief ihren Namen.

»Mutsuko!«

Ohne zu antworten, bog sie nach links in eine enge Gasse ein, in der zwei Autos gerade noch aneinander vorbeifahren konnten. Die Frau hatte einen federnden Gang. Jetzt bog sie rasch nach rechts in einen schmalen steilen Weg ab, in dem kein Autoverkehr möglich war.

Plötzlich drehte sie sich um. Was für eine Veränderung! Wenn auch nicht so verblüffend wie ihre Verwandlung von einer alten Frau in eine junge. Nun war es das Make-up, das sie so veränderte. Sie wirkte wie höchstens Mitte zwanzig. Mutsuko starrte mich vorwurfsvoll an.

»Tut mir leid, dass ich dir nachgerannt bin.«

Meine Stimme zitterte.

Sie blickte zu Boden.

»Komm mit.«

Sie lief den Hang hinauf, nahm die drei Steinstufen zu einem alten Gebäudes auf der linken Seite und drückte die zerkratzte Stahltür auf.

Ein schmaler Gang, nicht breiter als die Tür, führte ins Innere.

Dann ging sie vor mir eine enge Treppe hinauf. Ihre Hüften in der blauen Hose schwangen. Aber ich hatte nicht die Muße, mich lustvoll daran zu erfreuen. Noch auf der Treppe öffnete sie den Reißverschluss ihres roten Täschchens und nahm einen Schlüssel heraus. Im dritten Stock schloss sie eine Tür auf, während ich auf der Treppe stehen blieb und sie beobachtete.

Ich musterte sie von der Seite – sie sah ärgerlich aus. Die Angst, sie würde mit mir Schluss machen, schnürte mir die Kehle zu.

Mutsuko öffnete die Tür. »Komm rein«, sagte sie und verschwand in der Wohnung.

Hastig folgte ich ihr.

Mit dem Rücken zu mir, stellte sie sich ans Fenster, vor dem die schmutzige Betonmauer eines Nachbargebäudes zu sehen war.

Gleich rechts befand sich die schlauchartige Küche mit Gasherd und Spüle. Beides wirkte unbenutzt. Dahinter war das Zimmer, in dem sie stand, zehn Tatami groß, mit unverputzten Betonwänden. Den Bodenbelag bildete graues schmuddliges PVC. Ein durchgesessenes altes Ledersofa und ein kleines Doppelbett dienten als Mobiliar.

Das Bett war der einzige neue Gegenstand. Die hellbraune Zudecke lag da, als sei Mutsuko gerade eben aufgestanden.

Neben dem Bett stapelten sich noch ein paar Kleiderschachteln und fünf oder sechs Kartons.

Mutsuko kehrte mir weiter regungslos den Rücken zu.

»Ich werde dir keine Fragen stellen, wenn es dir unangenehm ist«, sagte ich.

Sie bewegte sich nicht.

»Ich bin glücklich, dich wiederzusehen«, sagte ich, während auch ich mich nicht vom Fleck rührte. Ich befürchtete, sie würde mich jeden Moment anschreien.

Dann ließ sie die Schultern sinken.

»Die Zeit läuft mir davon«, meinte sie in dem mir vertrauten, ruhigen Ton, der sich immer anhörte, als würde sie behutsam nach Worten suchen. So war es gut. Von mir aus musste sie sich keinen jugendlichen Sprachstil abringen. Mit mir sollte sie lieber sprechen wie eine Siebenundsechzigjährige. Auch wenn das bei einer so jungen Frau unnatürlich klang.

»Ich fühle mich gehetzt, weil ich noch so viel ausprobieren möchte. Trotz meiner siebenundsechzig Jahre habe ich nie wirklich gelebt. Also will ich alles nachholen. Doch bei dem, was ich tue, frage ich mich, ob mir überhaupt genug Zeit dafür bleibt. Viel kann es nicht mehr sein.«

Ihre zu große Jacke rührte mich.

»Woraus schließt du, dass dir nur wenig Zeit bleibt?«

»Meinst du, ich habe noch genug?«

Sie wandte sich zu mir um.

Sie war so auffällig zurechtgemacht, dass sie selbst in Shibuya Aufmerksamkeit erregt hätte. Die jungen Frauen von heute schminken sich nicht mehr so stark.

Ich fand sie mit ihrem weiß gepuderten Gesicht und den roten Lippen sehr hübsch, wenn diese Aufmachung auch nicht ganz zu dem erwachsenen Ausdruck in ihren Augen passen wollte.

»Du hast Zeit«, sagte ich, »du bist jung.«

Sie funkelte mich an.

»Du bist der Einzige, der Bescheid weiß. Der Einzige, der versteht, was ich fühle. Und du sagst mir, ich sei noch jung! Du nimmst mich nicht ernst.«

»Was weiß ich denn schon? Ich habe nur den einen Tag im März und dann die zwei Tage neulich mir dir verbracht, mehr nicht.«

»Du weißt, dass ich in Wirklichkeit siebenundsechzig bin.«

Sie ging zum Bett und setzte sich darauf, um gleich wieder aufzustehen und sich bäuchlings auf das Sofa zu werfen.

»Ich war Zeuge ...«, ich sah auf ihren Rücken hinunter, »wie du dich innerhalb kürzester Zeit verjüngt hast. Ich kann deine Angst verstehen. Aber was mit dir geschieht, weiß ich auch nicht.«

»Drei Tage sind für mich wie drei Jahre. Versteh doch, drei Jahre!«

Ich kniete neben Mutsuko nieder und legte meine Hand sacht auf ihren Rücken.

»Ich möchte wissen, was mit dir passiert ist.«

Ich spürte ihre vertraute Wärme.

»Ich weiß ja nicht einmal, wer du bist und was du machst, wenn du hier allein bist.«

»Nach meiner Entlassung aus dem Krankenhaus ging ich zu meinem Mann, unterschrieb die Scheidungspapiere, packte meine Sachen, stieg ins Flugzeug und flog nach Haneda«, stieß sie in einem Atemzug hervor.

»Hast du keine Kinder?«

»Doch, zwei.«

»Das hätte ich nicht gedacht.«

»Meine Tochter ist fünfundvierzig, mein Sohn dreiundvierzig. Was würden sie wohl sagen, wenn sie mich so sehen würden?«

»Habt ihr zusammengelebt?«

»Nein. Sie haben ihre Familien, ihr eigenes Leben. Es war nur zu verständlich, dass sie von zu Hause fortgegangen sind. Mein Mann misstraute seinen eigenen Kindern. Er hatte Angst, sie würden sein Geld verschwenden, wenn er ihnen etwas davon geben würde. Selbst heute, mit über siebzig denkt er nicht ans Vererben. Er hat nur seine Geschäfte im Kopf ...«

»Sagtest du nicht, dass er mit Immobilien handelt?«

»Er besitzt Land und Aktien, dazu baut er hin und wieder ein Mietshaus oder reißt eines ab, als Nächstes kommt dann ein Parkplatz an die Reihe. Entweder er rechnet sein Vermögen durch oder er läuft herum und sucht, wo er noch einen Yen mehr verdienen kann.«

Mutsuko erinnerte mich an eine Studentin, die in meiner

Zeit an der Uni in einem Theaterstück eine alte Frau gespielt hatte.

»Und dann bist du von Haneda aus zur Familie deines Bruders nach Yokohama gefahren?«

»Nein. Ich wusste, dass ich ihnen lästig sein würde, und nahm mir zunächst ein Hotel. Danach mietete ich mir eine kleine Wohnung in Honmoku. Ein paar Tage nachdem ich meine Sachen dort hingebracht hatte, besuchte ich die Familie. Als sie von der Scheidung hörten, wurden ihre Mienen ernst, sie bekamen wohl Angst, sie müssten sich um mich kümmern oder später meine Beerdigung organisieren. Ich habe mir damals eingeredet, dass ich niemandem zur Last fallen würde. Realistisch gesehen ist es aber so, dass dieses Selbstvertrauen kaum berechtigt ist und man nicht weiß, ob man im Alter nicht doch auf die Hilfe anderer angewiesen ist.«

»Verstehe.«

»Das Bett hatte ich für die Wohnung dort gekauft.«

Sie warf einen Blick darauf.

»Außerdem Dinge, die ansonsten noch nötig sind: Gaskocher, Kessel, Töpfe. Dann machte ich mir Gedanken über mein weiteres Leben. Geld besaß ich genug, um zurechtzukommen. Ich überlegte vielmehr, wie ich meinen Lebensabend verbringen sollte, um nichts bereuen zu müssen?«

»Kann ich nachvollziehen.«

»Eines Abends überkam mich große Übelkeit. Mein Körper wurde drückend schwer, die Glieder ergriff ein widerwärtiges Nesselgefühl, so dass ich mich am liebsten überall zerkratzt hätte. Ich musste mir den Mund zuhalten, um nicht laut zu schreien und die Nachbarn aufzustören. Keuchend kroch ich durch die Wohnung. Also das ist das Ende, dachte ich, haderte mit meinem Schicksal, auf diese elende Weise sterben zu müssen. Um mich irgendwie zu spüren, kniff ich mir tief ins Fleisch, und die Tränen strömten mir über das Gesicht.«

Ich streichelte Mutsukos Rücken, während ich mich fragte, ob ich eine alte Frau oder ein junges Mädchen tröstete.

»Dann verlor ich das Bewusstsein. Als ich wieder zu mir kam, war ein halber Monat vergangen.«

»Du warst zwei Wochen bewusstlos? Niemand hat dich gefunden?«

»Nein.«

»Und du hast die ganze Zeit keine Nahrung zu dir genommen?«

»Als ich aufwachte, wusste ich nicht, dass so viel Zeit vergangen war. Es wurde gerade hell, und ich dachte, der nächste Morgen wäre gekommen.«

»Verstehe.«

»Ich konnte mich nicht rühren, mein Körper war ein einziger Schmerz. Ich dachte, ich müsse den Notarzt rufen und rasch ins Krankenhaus.«

»Sicher.«

»Der Anruf war mir nicht möglich, denn ich hatte kein Telefon. Ich hatte gedacht, ich brauchte keines. Also versuchte ich aufzustehen und nach unten zu gehen, um entweder den Anruf zu tätigen oder ein Taxi anzuhalten. Ich wollte niemanden behelligen.«

»Verstehe.«

»Ich konnte nicht aufstehen, so schwer fühlte sich mein Körper an. Ich war bewegungsunfähig.«

»Kein Wunder, wo du doch zwei Wochen dort gelegen hattest.«

»Ich starrte an die Decke, dachte darüber nach, wie traurig mein Leben gewesen war. Die Schuld lag auch bei mir, ich wollte sie nicht nur bei den anderen suchen. Nun war also das Ende gekommen, dachte ich und fasste mir an die Brust. Und da war eine Brust. Das heißt, es wölbte sich, obwohl meine Brüste ja längst flach geworden waren. Ich tastete unter meinen Morgenmantel und fühlte einen jugendlich festen Busen. Mein ganzer Körper war wie angeschwollen, eine Krankheit, vermutete ich. Ich war voller Angst und Sorge.«

»Das heißt, du warst verjüngt?«

»Es dauerte einige Zeit, bis ich das begriff. Ich spürte keinen Hunger, war nur so unendlich müde, dass ich nicht aufstehen konnte. Noch zwei Tage lag ich da so.«

»Zwei Tage?«

»Ja. Ich musste nur ruhen, dann tat es nicht weh. Ich vermochte eben nur nicht aufzustehen. Vielleicht hat ja irgendein barmherziges Wesen dafür gesorgt, dass ich keinen Schock erleiden sollte, wenn ich mich plötzlich verjüngt sah.«

»Aber du konntest deinen Körper doch erkennen?«

»Ja. Ich hielt mir die Hände vor das Gesicht, sie sahen unfassbar jung aus. Sie waren rundlich und glatt, keine Altersflecken mehr. Der Busen war füllig, die Haut hell und glatt.

Mein dünnes Haar fühlte sich dichter an. Als ich mir eine Strähne vor die Augen hielt, war es wieder ganz schwarz. Ich glaubte, ich sei verrückt geworden oder sogar schon tot – in einer anderen Welt.«

»Wann hast du dich das erste Mal im Spiegel gesehen?«

»Plötzlich verspürte ich Heißhunger. Gleichzeitig durchströmte mich neue Kraft. Seltsam, nicht wahr? Dass man trotz großen Hungers solche Kraft verspüren kann.«

»Deine Geschichte ist so unglaublich, dass ich sie einfach glauben muss.«

»Ich hatte nicht einmal einen Taschenspiegel. Nur eine Puderdose. Also rappelte ich mich auf, nahm meine Handtasche und leerte sie auf dem Boden aus. Dann betrachtete ich mich in dem kleinen runden Spiegel.«

»Du warst zwei- oder dreiundvierzig.«

»Ich weiß es nicht. Jetzt fühle ich mich wie dreißig oder manchmal sogar wie Anfang zwanzig. Vielleicht irgendwo dazwischen.«

»Warst du froh?«

»Es dauerte einige Tage, bis ich mich freuen konnte. Zuerst hatte ich Angst. Obwohl ich sehr hungrig war, fürchtete ich mich davor, auf die Straße zu gehen. Einerseits drängte es mich, mich in einem richtigen Spiegel zu betrachten, andererseits hatte ich fürchterliche Angst davor. Nach etwa zwei Tagen hatte ich mich so weit beruhigt, dass ich die Veränderung akzeptieren konnte. Als Nächstes suchte ich die Familie Kizuki in Yokohama auf. Um sie nicht allzu sehr zu erschrecken, kündigte ich meinen Besuch vorher an. Sie sollten auf eine Überraschung gefasst sein, sagte ich. Natürlich half es nichts. Mit Ausnahme der Kinder wussten ja meine Schwägerin und der Neffe, wie ich mit vierzig ausgesehen habe, und es traf sie fast der Schlag. Die Schwägerin erschrak so sehr, dass sie schon im Flur zusammenbrach. Mein Neffe erkannte mich wahrhaftig nicht wieder. ›Sie erinnern in der Tat an meine Tante‹, meinte er nur, als er mich hineinbat. Er wollte sich ›die Sachlage anhören‹, geriet aber mehr und mehr in Verwirrung und warf mich schließlich aus dem Haus.«

»Hat man dir nicht geglaubt?«

»Ich kann es ihnen kaum übel nehmen. Um so etwas zu glauben, muss man mit dem Leben zumindest einmal schon abgeschlossen haben.«

»Wie ich?«

»Ja.«

Sie sah mich zum ersten Mal an, lächelte und erhob sich, um mich zu küssen. Ein Hauch ihres Lippenstifts blieb an meinem Mund haften.

»Als ich im Hotel mit dir zusammen war, kam jene Erschöpfung zurück. Diese unbeschreibliche Mattigkeit in der Brust.«

»Eine Mattigkeit in der Brust? Das kann ich mir nur schwer vorstellen.«

»Ich weiß es nicht anders zu beschreiben, Mattigkeit eben. Ich wusste, dass wieder ein Anfall bevorstand. Schon beim ersten Mal hatte ich ein paar Tage im Voraus diese seltsame Erschöpfung gespürt. Ich verließ das Hotelzimmer und fuhr mit dem Taxi nach Yokohama.«

»Du hast gesagt, du würdest in Tokio sein.«

»Eine Vorsichtsmaßnahme. Am nächsten Abend kam der Anfall. Ich war ein zweites Mal so müde, dass ich dachte, die Muskeln würden sich auflösen. Um das stundenlang anhaltende kribbelnde Schwächegefühl zu ertragen, hätte ich mir am liebsten mit einem Messer in die Haut gestochen. Als das Gefühl übermächtig wurde, brach ich bewusstlos zusammen.«

»Dauerte die Bewusstlosigkeit noch einmal zwei Wochen?«

»Es waren über zwanzig Tage, vielleicht zweiundzwanzig.«

»Warst du danach nicht sehr geschwächt?«

»Ich war erneut jünger geworden. Als ich zu mir kam, hatte ich mein momentanes Alter. Meinst du, ich werde in diesem Zustand bleiben? Das letzte Mal dauerte es von Ende Januar bis zum 8. März. Jetzt hält es seit Anfang April an. Heute haben wir den 17. Mai. Also könnte dieses Schwächegefühl mich bald wieder befallen, und ich werde ohnmächtig …«

»Es könnte doch sein, dass nichts mehr geschieht und du einfach bleibst, wie du bist.«

»Siebenundsechzig und so jung? Das wäre zu schön, um wahr zu sein.«

»Es gibt viele Beispiele, dass Menschen Glück haben. Schau mich an. Ein alter Kerl ohne nennenswerte Vorzüge hat eine Affäre mit einem hübschen jungen Mädchen.«

»Ich habe Angst.« Mutsuko lehnte sich an mich. »Es ist schlimm.«

Unter Tränen bedeckte sie mich mit Küssen. Ich nahm sie

fest in die Arme, um sie zu beruhigen, und fühlte ihr sanftes Schluchzen.

Offen wollte ich es nicht sagen, aber ich war ein wenig verletzt. Seit Anfang April war sie, wie sie sagte, schon so verjüngt. Zu mir war sie aber erst um den 10. Mai gekommen und war bereits zwei Tage später wieder verschwunden. Bedeutete ich ihr nicht mehr? Hatte sie nicht behauptet, ich sei der Einzige für sie? Was hatte sie die ganze Zeit gemacht? Wollte sie alles nachholen? Möglichst viel in kurzer Zeit erleben? Das war ja verständlich, dennoch wünschte ich mir, dass sie das nächste Mal nicht erst einen Monat nach ihrer Verjüngung zu mir käme.

Bei diesem Gedanken zuckte ich zusammen. Im Grunde glaubte ich nicht daran, dass sie bleiben würde, wie sie jetzt war. Zuerst war sie vierzig geworden, dann zwanzig. Als Mensch möchte man immer eine Regelmäßigkeit erkennen. Demnach wäre sie mit dem nächsten Anfall vielleicht nur noch zehn oder jünger. Nach den Gesetzen der Realität konnte es allerdings eine solche Verjüngung gar nicht geben. Ich wurde Zeuge eines wahrhaft außergewöhnlichen Phänomens und konnte mich nicht von meiner banalen Sicht auf die Dinge lösen: Bestimmt würde die Realität es in ihrer Härte nicht zulassen, dass Mutsuko blieb, wie sie nun war. Ich verachtete mich selbst für meine kleinmütigen Gedanken.

»Diese Wohnung hier ist etwas karg«, sagte ich, um das Thema zu wechseln.

»Ich wollte in Tokio sein.«

»Auch dann.«

»In diesem Haus gibt es ansonsten nur Büros, nachts ist niemand da. Niemand kann misstrauisch werden, sollte ich etwas lauter werden.«

»Lauter?«

»Wenn ich die Anfälle bekomme, stoße ich sicher schlimme Schreie aus.«

»Hättest du in der Wohnung in Yokohama laut geschrieen, hätten deine Nachbarn dich nicht wochenlang liegen lassen.«

»Das Schreien habe ich unterdrückt, selbst als ich schon fast ohnmächtig war. Hier kann ich laut sein.«

»Laut sein eventuell auch aus anderen Gründen …?«

»Hör auf. Lass das. Ich sehe sicher schrecklich aus, ganz verheult?«

»Ich mag es, wenn schöne Frauen schrecklich aussehen.«

»Wie meinst du das?«

»Vielleicht gefällt mir eine schöne Frau besonders dann, wenn sie ihre Schönheit vergisst.«

»Ich bin nicht schön.«

»Doch, ich habe dich daraufhin gründlich überprüft, jede einzelne Stelle.«

Ich drückte sie auf das Sofa und ließ meinem Begehren freien Lauf.

Danach zeigte sie mir etwas. Etwas Unerwartetes. Sie öffnete einen der Kartons, in denen sie ihre Kleidung aufbewahrte. Ordentlich stapelte sich ihre Unterwäsche darin, was mich nicht weiter überraschte. Überraschend fand ich vielmehr einen in dunkelblauen Samt gewickelten Gegenstand, etwa von der Größe einer Frühstücksdose, den sie aus der Tiefe des Kartons hervorzog. Ein dicker, kreuzweise gespannter Gummi hielt das Bündel zusammen.

»Was glaubst du, was das ist?«, fragte sie und lächelte schelmisch.

»Vermutlich mehr als das, wonach es aussieht.«

»Stimmt.«

»Soll das ein Rorschach-Test werden?«

»Aber nein.«

»Ein Rohdiamant.«

»Wirklich nicht!«

»Gelee Royale oder Ginseng?«

»Sehr witzig.«

»Deine Nabelschnur. Kein Witz. Meine war zu Hause aufbewahrt. Allerdings war die Schachtel nicht so groß. Also, ich geb's auf. Ich besitze nichts, das ich in Samt einschlagen und unter meiner Wäsche verstecken würde. Keine Ahnung.«

Als sie den Gummi löste und das Tuch zurückschlug, kam eine kleine Pistole zum Vorschein.

»Die ist echt«, sagte sie.

»Du überraschst mich.« Das war nicht gelogen.

»Ich habe sie gekauft.«

»Warum? Nein, wo und wie hast du sie gekauft?«

Ich neigte zu der Vorstellung, dass andere sich ähnlich wie ich verhielten. Ich wäre nie auf die Idee gekommen, Mutsuko könnte sich eine Pistole kaufen, und wurde nun nachdrücklich daran erinnert, dass man nie weiß, welche Abgründe sich im Gegenüber auftun.

»Ist das wohl eine Beretta?«, fragte ich.

»Nein, ein Colt Pocket Automatic.« Aus ihrem Mund klangen die Worte merkwürdig unpassend.

»Aha.«

»Mit Waffen kenne ich mich freilich nicht aus. Der Mann, der sie mir verkauft hat, hat es mir gesagt: ein Modell M.«

»Und wo hast du sie gekauft?«

»In Yokosuka.«

»Von einem Ausländer?«

»Er hat sie mir angeboten.«

»Wie kam es denn dazu?«

»Ich bin im Rotlichtviertel gewesen.«

»Du hast mit einem Ausländer geschlafen.« Ich bemerkte, wie sich mein Blick verhärtete. Eifersucht packte mich.

»Nein.«

»Wie konnte er dir dann eine Pistole anbieten? Es geht mich ja nichts an, wenn du mit anderen schläfst. Du bist ein freier Mensch, aber dass du in Yokosuka warst …«

»Ich wollte immer einmal wieder nach Yokosuka. Du musst wissen, mein Vater war Marineoffizier und lange dort stationiert. Das letzte Mal war ich als Kind da, an einem Marinegedenktag. Also bin ich hingefahren. Der Hafen hat sich völlig verändert, aber er erinnerte mich trotzdem an meine Kindheit. Auch der Geruch des Meeres. Dann beschloss ich, die etwas zwielichtigeren Viertel aufzusuchen.«

»Allein?«

»Natürlich allein.«

»Warum ›natürlich‹?«

»Weil ich eben allein war.«

»Also, dass du ganz allein in so ein Viertel gehst …«

»Ich hatte einfach Lust dazu. Ein wenig gefürchtet habe ich mich schon, aber ich bin kein kleines Mädchen mehr und was sollte mir denn passieren. Ich ging in eine Bar. Sie war leer, düster und schmutzig. Gefährlich wirkte sie allerdings nicht. Ein Schwarzer stand an der Theke und lächelte mir zu. Wir haben ein Bier getrunken.«

»Das reicht.«

»Hör doch. Er sei kein GI, erzählte er mir, sondern Seemann. Er wollte mit mir in ein Hotel gehen. Ich hätte keine Lust, sagte ich, und er hat nur genickt. Mehr nicht. Als hätte er sowieso bloß aus purer Höflichkeit gefragt. Wir haben zwei Bier getrunken. Das erste hat er bezahlt, das zweite ich.«

»Und er hat dir die Pistole angeboten?«

»Genauer gesagt, ich habe ihn darauf angesprochen, eher zum Scherz. Weil es irgendwie zur Atmosphäre der Bar passte. Er hat mich nur amüsiert angeblickt, aber keine Antwort gegeben. Als ich die Bar verließ, folgte er mir und führte mich in eine Seitengasse. Ich wollte zuerst nicht, da flüsterte er mir zu, dass er eine Pistole zu verkaufen habe.«

»Auf Englisch?«

»Dazu reicht mein Englisch aus.«

Ein junges Mädchen würde so viel Englisch verstehen, aber Mutsuko mit ihren siebenundsechzig?

»Zuerst verlangte er hunderttausend Yen. Ich lehnte ab. Dann ging er auf achtzig-, dann auf sechzigtausend herunter. Für einen so geringen Preis eine Pistole zu bekommen schien mir verlockend.«

»Und die Munition?«

»Habe ich auch.«

Geschickt nahm sie das Magazin heraus, zeigte es mir und setzte es mit geübtem Griff wieder ein.

»So war das.« Sie lächelte trocken. »Da ist doch nichts dabei.«

»Hat dich jemand verfolgt?«

»Von Yokosuka? Aber nein!«

»Sie einfach nur zu besitzen ist wohl in Ordnung.«

»Ich würde sie gerne benutzen.«

»Rede keinen Unsinn.«

»Ich will einmal schießen und damit meine Ängste vergessen. Wirklich etwas *tun.* Machst du mit?«

»Was hast du vor?«

»Bewaffneter Raubüberfall.«

Ich grinste ungläubig.

»Das ist kein Scherz«, sagte sie plötzlich ernst und fixierte mich eindringlich. »Ich will es tun. Ich würde es auch allein machen.«

»Warum nur?«

»Darum eben. Weil ich nicht weiß, wann der nächste Anfall kommt.« Ihre Stimme bebte. »Es wäre doch spannend, einen richtig starken Mann mit der Pistole zu bedrohen. Hättest du keine Lust dazu? Hast du nie daran gedacht, so etwas zu tun, wenn du die Möglichkeit dazu hättest?«

»Entschuldige, dass ich dich unterbreche. Hast du Lust, etwas zu Abend zu essen?«

»Habe ich.«

Ich sah in Mutsukos Augen, dass meine Männlichkeit auf dem Prüfstein lag.

Nach dem Essen gingen wir zurück in ihre Wohnung.

Ich nahm die Pistole zum ersten Mal in die Hand. Ein kalter Schauer lief mir über den Rücken. Das Gewicht und die Kälte der Waffe erinnerten mich daran, dass allein ihr Besitz schon strafbar war. Wurde man erwischt, drohten Verhaftung, Anzeige und gesellschaftliche Ächtung. Mir war, als hielte ich ein Stück Trockeneis, wollte sie rasch aus der Hand geben. Allerdings nicht zu schnell, damit Mitsuko mich nicht durchschaute, doch nach weniger als zwanzig Sekunden legte ich sie wieder auf das Bett.

»Bewaffneter Raubüberfall ist einfallslos.«

Mutsuko bemühte sich, ein Glas, eine Teetasse und eine Flasche Whisky auf einem Karton vor dem Sofa aufzubauen. Der Pappdeckel war jedoch nicht ganz gerade, Teetassen und Glas drohten jeden Moment abzustürzen. Mutsuko versuchte die Fläche zu begradigen, indem sie dem Karton einige Hiebe versetzte.

»Hörst du mir zu?«, fragte ich sie.

»Ich höre dir zu.«

Es klang erwachsen, aber sie benahm sich nicht so, wie man es von einer siebenundsechzigjährigen Frau erwartet hätte. Ich meine das nicht abschätzig. Ich fand es sogar liebenswert. Aber auf die Idee eines Raubüberfalls wäre Mutsuko sicher nie gekommen, als sie noch eine ältere Dame war. Anscheinend passte sie sich an ihr neues Alter besser an, als es mir aufgefallen war. Aber stimmte das überhaupt? Schließlich war sie es gewesen, die – noch als ältere Frau – in der Nacht im Krankenhaus unsere sexuelle Beziehung angeregt hatte. Und bei einer älteren Frau ist ein solcher Vorschlag weit drastischer als bei einer jungen. Vielleicht hatte Mutsuko sich also gar nicht so sehr verändert.

»Wollen wir Zeitungspapier auf den Boden legen und die Gläser dort abstellen?«

»Ich habe keine Zeitung.«

»Eine Zeitschrift tut's auch.«

»Habe ich auch nicht.«

»Was machst du, wenn du isst?«

»Ich esse hier nicht.«

»Und wenn du Whisky trinkst?«

»Ich stelle die Flasche neben die Spüle, gebe Soda ins Glas und bringe es hierher.«

»Dann machen wir es so.«

Wir gingen zur Spüle.

Sie reichte mir ganz selbstverständlich das einzige Glas. Daran erkannte ich die Erziehung einer siebenundsechzigjährigen Dame.

Vielleicht würde eine junge Frau von heute sich ebenso verhalten. Wissen konnte ich das freilich nicht.

»Ich habe nicht vor, dir deine Idee auszureden. Oder doch. Ehrlich gesagt, würde ich dich gern davon abbringen. Allerdings nicht aus Feigheit oder moralischen Bedenken. Sicher habe ich auch ein wenig Angst, in erster Linie wäre mir ein Raubüberfall einfach zu brutal. Wenn es dir um das Geld ginge, wäre es vielleicht noch etwas anderes, aber nur dafür, weil du die Pistole einmal benutzen willst ...«

»Soll ich in den Wald fahren und dort schießen?«

»Das habe ich nicht gesagt. Halte mich nicht für einen Blödmann. Ich habe selbst schon die Erfahrung des gesellschaftlichen Absturzes gemacht. Und kenne seine bösen Folgen und besitze also keine großen Hemmungen, gegen die Gesellschaft zu handeln. Ich nehme mir einen.«

»Bitte.«

Ich trank einen Schluck Whisky. Ohne Eis schmeckte er billig und unangenehm.

»Wie wäre es, wenn wir ohne zu bezahlen ins Kino gingen?«, schlug ich vor. Die Idee war mir kurz vorher gekommen.

»Ins Kino?«, rief sie erstaunt.

»Ja.«

»Anstelle eines Raubüberfalls sollen wir einfach nur ins Kino gehen?«

»Mach dich nicht lustig, lass mich erst ausreden.«

»Ich höre.«

»Wir gehen mit gezückter Pistole durch den Haupteingang hinein. Zum Beweis, dass die Waffe echt ist, schieße ich in eine Scheibe.«

»Schauen wir uns den Film an?«

»Natürlich nicht. Da kommt doch zuvor das Polizeikommando mit einem Bus, um uns abzutransportieren.«

»Nicht mit einem Pick-up?«

»Kann auch sein.«

»Das wäre mir lieber. Polizisten, die von einem Pick-up springen.«

»Nein. Die Polizei springt weder aus dem Bus noch vom Pick-up. Wir reißen ein Poster von der Wand und flüchten durch den Hinterausgang.«

»Ach, wir spielen Räuber und Gendarm!«

»So ungefähr. Denn wenn wir verhaftet werden, sind wir Kriminelle. Das Ganze ist nicht so leicht, wie es sich anhört. Allein schon eine Pistole offen zu tragen bedeutet eine riesige Anspannung. Und tatsächlich zu schießen ist noch mehr Stress. Was machen wir, wenn die Zuschauer die Schüsse hören und in den Gang strömen? Ich kann nicht auf Menschen schießen. Also schieße ich in die Decke. Panik bricht aus. Menschen stürzen zu Boden. In diesem Durcheinander den Hinterausgang zu erreichen ist wahrscheinlich aufregender als jeder Raubüberfall.«

»Haben Kinos überhaupt einen Hinterausgang?«

»Ich glaube schon.«

»Meist sind am Ende doch nur die Toiletten, oder?«

»Stimmt auch wieder.«

»Selbst wenn es einen Hinterausgang geben sollte, ist er vielleicht abgeschlossen.«

Mein Plan fiel in sich zusammen.

»Ich hatte mir am Ende des Gangs ein Büro vorgestellt und eine Tür, durch die man in eine Seitengasse gelangt.«

»Komm, wir machen's!«

»So ein geeignetes Kino gibt es bestimmt nicht.«

»Ist doch egal. Wir haben eine Waffe. Die bringt uns überall heraus.«

»Was, wenn der Hinterausgang zu ist und wir durch den Haupteingang flüchten müssen? Es ist fast unmöglich, sich einen Weg durch eine in Panik geratene Menge zu bahnen.«

»Wir haben doch die Pistole! Keiner wird uns aufhalten. Hauptsache, wir sind weg, bevor die Polizei kommt.«

»Du hast recht, aber …«

»Wie spät ist es jetzt?«

»Viertel vor neun.«

»Komm, wir gehen!«

»Jetzt sofort?«

»Nach neun Uhr gibt es nicht mehr viele Vorstellungen.«

»Muss es unbedingt heute Nacht sein?«

»Wäre es denn tagsüber besser?«

»Morgen Abend gibt es ja auch noch Kinos.«

»Aber vielleicht nicht mehr mich.«

»Was redest du denn?«

»Vielleicht gibt es mich noch, vielleicht auch nicht.«

Mutsuko nahm die Pistole, ging zum Schalter und löschte das Licht.

Als einzige Beleuchtung blieben der schwache Schein, der von draußen durch das Fenster schimmerte, und das wenige Licht aus der Küche nebenan.

»Sollten wir nicht gründlicher nachdenken?«

»Worüber denn?«

»Wir könnten uns maskieren, zum Beispiel.«

»Dafür fehlt die Zeit.«

Sie streckte mir ihre rechte Hand entgegen.

»Was?«

»Nimm du sie!«

Sie meinte die Pistole.

Ich hatte das Gefühl, mit bloßen Händen nach einem nackten Stromkabel zu greifen. Aber nein sagen konnte ich nun schlecht.

»Wir müssen uns beeilen.«

Sie riss die Tür auf und schaltete das Licht in der Küche aus. Ich sah nur noch ihren Schatten.

»Schnell!«, rief sie.

Ich hörte, wie sie die Treppe hinunterlief. Hastig folgte ich ihr, während ich panisch überlegte, wohin mit der Pistole. Ich hatte Angst, sie würde beim Laufen losgehen, wenn ich sie in die Tasche steckte. Also behielt ich sie in der Hand und verbarg sie unter meinem Jackett.

Mutsuko wartete schon auf der Straße auf mich und lief den kleinen Abhang hinunter, kaum dass ich sie erreicht hatte.

Sie wollte, dass ich die Pistole trug. Was erwartete sie von mir?

Alles hatte damit angefangen, dass sie sagte, sie wolle die Pistole einmal »benutzen« und »schießen«. Warum musste ich sie dann tragen? Sollte ich ihr sagen, sie selbst müsse sie nehmen, wenn sie sie wirklich benutzen wolle? Hier mitten auf der Straße konnte ich sie ihr wohl kaum geben. Unversehens fand ich mich im Gedränge des Miyamasu-zaka wieder. Wie am frühen Abend, als ich sie verfolgt hatte, eilte Mutsuko mit federnden Schritten durch die Menge. Ob ich mithielt, schien sie nicht zu kümmern. Wäre ich stehen geblieben, hätte sie es sicher erst vor dem Kino bemerkt. Sollte ich einfach zurückbleiben? Auf jeden Fall fühlte ich mich nicht wohl dabei, ein so gefährliches Vorhaben derart unvorbereitet in die Tat umzusetzen. Unter meinem Anzug hatte ich den Colt. Was, wenn ich ihn jetzt ziehen würde? Ich wäre ein Mann mit einer Pistole, der eine fliehende Frau verfolgt. Allein das war in höchstem Maße verrückt. Und nun sollte ich die Pistole auch noch auf jemanden richten? Ich benötigte Bedenkzeit. Wenn ich es mir überlegte, würde ich das Ganze bestimmt abblasen. Es war nichts, was getan werden musste oder was ich überhaupt tun wollte. Insofern war es völlig sinnlos, dass ich die Pistole trug. Ich musste sie ihr zurückgeben. Aber wo und wie?

An einer roten Ampel machte Mutsuko halt und drehte sich zu mir um.

»Wie spät?«

Ich schluckte. Der Schweiß war mir ausgebrochen.

»Was ist los?«

Die Leute um uns herum starrten mich an.

»20 Uhr 57«, sagte ich nach einem Blick auf die Uhr an meinem linken Handgelenk und lächelte ihr zu.

In Wirklichkeit war ich furchtbar erschrocken. Als Mutsuko sich plötzlich umdrehte, fasste ich instinktiv die Pistole in meiner Rechten fester. Mein Zeigefinger lag auf dem Abzug. Zum Glück hatte ich die Waffe gesichert.

Mutsuko und die Menge setzen sich in Bewegung. Mit einem Schritt Verspätung schloss ich mich an.

Mutsukos Sturheit entsetzte mich einigermaßen. Meine Reaktion darauf deprimierte mich. Bisher hatte ich ihren Egoismus geduldet, war nicht unzufrieden gewesen. Anders als in meinem Verhältnis zu den meisten Frauen war ich ihr gegenüber nicht zynisch und hatte auch ihre Schwächen nicht allzu stark wahrgenommen.

Doch nun heftete sich mein Blick mit dem gleichen Überdruss, den ich für meine Frau empfand, auf ihren Rücken, und ich bedauerte ihr selbstsüchtiges Verhalten.

Wieder blieb sie abrupt stehen.

Wir standen vor einem Kino, dem größten oder zweitgrößten in Shibuya. Ich war schon einmal darin gewesen, konnte mich aber nicht mehr erinnern, wie es im Inneren aussah.

»Bist du bereit?«, fragte sie mich.

»Ja. Ich muss sie dir jetzt geben«, flüsterte ich ihr zu und wedelte unter meinem Anzug mit der Pistole.

»Was denn?«

»Die Pistole.«

»Wem willst du sie geben?«

»Na dir.«

»Behalte du sie.«

»Dann kannst du sie nicht benutzen.«

»Muss ich nicht. Das überlasse ich dir.«

»Wieso denn auf einmal?«

»Du hast den Vorschlag gemacht. Also darfst du sie benutzen. Geh vor.«

»Was?«

»Geh bitte voraus.«

»Ich soll vorgehen?«

»Es ist doch komisch, wenn die Frau vorgeht.«

»Ich finde das überhaupt nicht komisch.«

»Wir haben keine Zeit, darüber zu diskutieren. Die Vorstellung ist gleich zu Ende. Wenn hier zu viele Leute ein und aus gehen, wird es schwierig.«

Ergeben wandte ich mich dem Eingang zu. Der Schalter war schon geschlossen. War dieser ganze Unsinn hier wirklich meine Idee? Vielleicht. Allerdings hatte ich die Sache mit dem Kino doch nur vorgeschlagen, um sie von dem Raubüberfall abzubringen!

»Am Einlass ist niemand«, sagte ich.

»Schau mal, dort«, sagte sie hinter mir.

An einer Wand der Lobby stand ein Mann auf einer Stufenleiter und reckte den Arm zur Decke. Neben ihm war eine junge Frau, die ihm offenbar zur Hand ging.

»Sie wechseln eine Birne aus«, sagte Mutsuko.

»Was sollen wir machen?«

»Bitte?«

»Was sagen wir zu ihnen?«

»Wie sagen?«

»Sollen wir die Pistole auf sie richten und verkünden, wir gehen jetzt ohne zu bezahlen rein? Das ist ja lächerlich!«

»Was denn dann? Frag mich nicht, ich weiß es doch auch nicht.«

Angesichts ihres Verhaltens konnte ich nun nicht mehr mit Sicherheit sagen, ob ihr Ehemann die alleinige Schuld an der Scheidung trug.

»Ja, bitte?«, sagte die junge Frau neben der Leiter. »Kann ich Ihnen helfen?«, rief sie etwas lauter.

»Nein, danke. Wann ist die Vorstellung zu Ende?«

»In etwa fünf Minuten.«

»Danke.«

Ich wendete mich zum Gehen.

»Was ist los?« Mutsuko eilte mir nach.

»Ohne richtigen Plan wird das nichts.«

»Und wenn wir ins Büro gehen? Die Tageskasse plündern und abhauen?«

»Das können wir nicht machen.«

»Was dann?«

»Ich denke nach.«

»In fünf Minuten kommen die Leute raus. Also was ist?«

»Was fragst du mich?«

»Du hast meinen Vorschlag abgelehnt. Da ist es selbstverständlich, wenn ich dich nach deiner Meinung frage, oder?«

»Ich sage es noch einmal: Ich war von Anfang an dagegen.«

»Das sagst du jetzt. Dabei mache ich das hier nur wegen dir.«

Ich ging zurück zum Eingang.

»Was hast du vor?«

Ich wusste es selbst nicht. Aber nach dem ganzen Hin und Her gar nichts zu unternehmen wäre das Schlimmste gewesen.

Wieder in der Lobby ging ich auf die beiden Angestellten zu, die gerade dabei waren, die Leiter wegzuräumen.

Sie blickten mir entgegen. Plötzlich richtete ich die Pistole auf sie. Ratlos starrten sie mich an.

»Das ist kein Spielzeug, die ist echt«, sagte ich. »Wenn Sie mir nicht glauben, schieße ich.«

Auf der Suche nach etwas, auf das ich schießen konnte, blickte ich hastig um mich.

»Ich glaube Ihnen, bitte nicht schießen«, rief der Mann aufgeregt.

Er war groß, schlank und noch ziemlich jung. Die Angst

in seiner Stimme überraschte mich. Ich hatte nicht damit gerechnet, dass jemand die Pistole für echt halten würde, und mich schon auf einen Wortwechsel eingestellt.

»Glauben Sie es wirklich?«, fragte ich spontan zurück.

»Sicher.«

Auch die Frau neben ihm nickte.

»Also gut. Ich gehe jetzt rein.«

»Wo rein?«

»Rein eben. Gehen Sie vor.«

»Wohin?«

»Dorthin!«

»Da sind die Toiletten.«

»Ich weiß. Sie beide gehen vor!«

»Was ist hier los, Kobayashi?«, ertönte hinter uns eine tiefe männliche Stimme.

Ich zielte in die Richtung. Ein dicker Mann mittleren Alters blieb etwa zehn Meter entfernt wie angewurzelt stehen.

»Keine Bewegung! Sonst erschieße ich Sie.«

Jemand stieß mir in den Rücken. Ich schwankte.

»Ruft 110 an!«, schrie der Mann im Anzug hinter mir.

Nach ein paar Schritten hatte ich mich gefangen und wandte mich um. Der junge Mann und die Frau rannten nach hinten. Ich drückte ab. Die Waffe war gesichert. Ich hatte beinahe damit gerechnet, war aber dennoch froh. Als ich mich umschaute, sah ich, wie der dicke Mann gerade im Büro neben dem Eingang verschwand.

»Weg hier!«, schrie Mutsuko. Natürlich mussten wir weg.

Ich rannte jedoch ins Innere des Kinos, in Richtung des Mannes und der Frau.

»Die andere Richtung!«, schrie Mutsuko.

Ohne auf sie zu achten, hastete ich weiter.

Im Gang war niemand mehr zu sehen. Wahrscheinlich hatten die beiden Angestellten Zuflucht in der Toilette gesucht. Ich rannte an der Wand entlang, wollte ein Filmplakat abreißen.

»Lass das doch!«, rief Mutsuko fast weinend.

Meine Hände glitten ohnehin ab, denn das Poster war hinter Glas. Ich hätte die Scheibe entfernen müssen, aber das hätte viel zu lange gedauert. Abrupt machte ich kehrt und stieß dabei mit Mutsuko zusammen. »Verzeihung!«, rief ich. Ich musste sehr aufgeregt gewesen sein, um in diesem Moment eine dumme Entschuldigung auszusprechen. In der Lobby war niemand. Das Büro, in das der dicke Mann sich geflüchtet hatte, war verschlossen.

Ich rannte durch den Haupteingang auf die Straße, in Richtung Miyamasu-zaka. Mit einigen der Passanten wäre ich fast zusammengestoßen. Da bemerkte ich zu meinem Schrecken, dass ich die Pistole offen in der Hand trug. Schnell verbarg ich sie wieder unter der Jacke.

Ich lief den Hang hinauf und suchte nach einem unauffälligen Durchgang, der uns abseits der großen Straße zu Mutsukos Wohnung führen würde. An einer Ampel zu warten, konnten wir uns nicht erlauben. Doch es gab keine Gasse, die uns den Durchgang ermöglicht hätte. Vielleicht war es besser, sich einfach immer weiter vom Kino zu entfernen.

»Warte!«, rief Mutsuko. »Ich kann nicht mehr.«

»Es wird gleich grün.« Ich wandte mich kurz zu ihr um und eilte auf die nächste Ampel zu.

Eine Hand in die Seite gepresst, stolperte sie mir hinterher. Wir brauchten eine Pause, aber das konnten wir uns nicht erlauben.

Im Eilschritt überquerte ich die Ampel, wartete auf sie. Wir liefen bergab weiter, stets auf der Suche nach Unterschlupf. Schließlich bogen wir links ab.

»Warte!«, rief sie wieder.

Sie sollte mir nur nachsetzen. Ich musste eine Gasse finden, in der wir eine Atempause einlegen konnten. Nichts zu machen. Stattdessen entdeckte ich ein kleines Grundstück, das zur Straße hin mit Planen verhängt war.

»Hierher!«, bedeutete ich Mutsuko.

An einer Ecke spähte ich unter die Plane. Dahinter hatte man ein Haus abgerissen. Ein kleiner Bulldozer besetzte etwa ein Viertel des Platzes. Ich sondierte noch einmal das Terrain. Niemand in Sicht.

»Komm, da verstecken wir uns«, flüsterte ich Mutsuko zu, die mich inzwischen eingeholt hatte.

Ohne mich zu beachten, ging sie an mir vorbei, die Arme noch immer in die Seiten gestützt.

»Wolltest du nicht ausruhen?«

Ich lief ihr nach.

»Meine Wohnung ist nicht mal eine Minute von hier entfernt«, meinte sie verächtlich.

Ganz so nah war es nicht, doch drei Minuten später waren wir tatsächlich bei ihr zu Hause.

»Du bist einfach losgerannt, ohne mich bei der Hand zu nehmen.«

Sie warf sich aufs Sofa und versetzte dem Karton vor ihr einen Tritt. So etwas tat man also auch noch mit siebenundsechzig, wenn man ausreichend in Form war.

Ich setzte mich aufs Bett, legte endlich die Pistole ab, öffnete und schloss meine verkrampften Finger einige Male.

»Unfassbar, dass du in dieser Situation auf die Idee kamst, das Poster zu klauen!«

Wütend starrte sie mich an.

»Wir hätten sofort weglaufen müssen«, schimpfte sie.

»Das war der Plan.«

»Es hatte doch keinen Sinn mehr. Ich dachte, wir machen uns aus dem Staub. Aber nein, du läufst zurück ins Innere. Ich hatte richtig Angst.«

»Ich dachte, wenn wir schon einmal drin sind, müssen wir die Sache auch zu Ende bringen.«

»Warum hast du dann das Plakat nicht genommen? Du bist einfach davongerannt.«

»Mehr konnte ich nicht tun.«

»Du hättest schießen können. Dann wäre ich jetzt ruhiger.«

»Du wolltest die Pistole benutzen. Ich wollte sie dir ja geben.«

»Ich dachte, es wäre demütigend für einen Mann, wenn die Frau eine Pistole hat und er keine.«

»Völlig überflüssige Rücksichtnahme.«

»Wirklich? Hättest du dich denn nicht gedemütigt gefühlt,

wenn ich mit der Pistole vorangegangen wäre und du hättest mir folgen müssen?«

»Nein. Warum auch? Natürlich ist es bequemer, andere zu kritisieren, als selbst etwas zu unternehmen.«

»Was hätte ich denn tun sollen?«

»Du hast nicht einmal den Mund aufgemacht.«

»Du hättest sowieso nicht auf mich gehört. Lässt du den Ärger über deinen Misserfolg jetzt an mir aus?«

»Was für ein Misserfolg? Ist doch gar nicht übel gelaufen. Schließlich sind wir ohne verhaftet zu werden wohlbehalten zu Hause angekommen. War eine ganz nette Abwechslung, oder?«

»Man hat uns gesehen.«

»Wie hätten wir das verhindern sollen? Du hast ja andauernd gedrängelt mit deinem ›in fünf Minuten kommen die Zuschauer raus‹«, äffte ich sie nach.

»Ich habe Angst um dich. Vielleicht verhaften sie dich schon morgen.«

»Mach dir keine Sorgen. Schließlich habe ich ein Allerweltsgesicht. Wenn ich nicht auf frischer Tat ertappt werde, habe ich gute Chancen, nicht erwischt zu werden.«

»Sag so was nicht. Ich mache mir ernsthafte Sorgen …«

Ihre Stimme brach, und sie fing an zu schluchzen.

Ich hielt es nicht länger aus und ging in die Küche, nahm ein Glas und mischte mir einen Whisky mit Wasser.

Nur das nicht. Mit Mutsuko, meiner Geliebten, wollte ich diese Art von Auseinandersetzungen unbedingt vermeiden. Sonst wäre es ja das Gleiche wie mit meiner Frau.

Mutsuko war auch eine Frau, obwohl die Umstände ganz

besondere waren. Natürlich war ich selbst an meiner Enttäuschung schuld. Dieser Wunsch nach Harmonie war sicher ziemlich eigensüchtig von mir.

»Möchtest du auch etwas trinken?«, rief ich. »Einen Whisky?«

Keine Antwort.

Warum antwortete sie nicht? Immerhin war ich bereit einzulenken.

»Möchtest du einen Whisky?«, fragte ich noch einmal.

»Gerne«, sagte sie nun, aber so leise, dass ich es kaum hörte. Anscheinend war auch sie zu einer Versöhnung bereit. Ich goss etwas Whisky in die Teetasse, fügte Wasser hinzu und ging ins Wohnzimmer.

Sie saß nicht mehr auf dem Sofa, sondern die Pistole in der Hand auf dem Bett. Ich reichte ihr das Whiskyglas. Sie nahm es mit der Linken entgegen und bedankte sich leise.

Ich lehnte mich mit geschlossenen Augen auf dem Sofa zurück. Eigentlich hätte ich erschöpft sein müssen, aber ich war noch aufgewühlt und spürte keinerlei Müdigkeit. Vielleicht würde der Alkohol mich entspannen.

Als ich die Augen aufschlug, hielt Mutsuko die Pistole auf mich gerichtet und starrte mich mit bleichem Gesicht an. Instinktiv spürte ich, dass sie es ernst meinte. Ich lächelte jedoch nur spöttisch und sagte: »Hör auf. Das ist nicht nett von dir.«

»Rühr dich nicht von der Stelle!«

Ihre Stimme zitterte ein wenig.

Ich bewegte mich nicht. Ich wollte etwas sagen, aber mir fiel nichts ein. Langsam stand sie auf, stieß das Glas aus ihrer linken, während sie sich, die Pistole in ihrer rechten Hand, frontal zu mir wandte.

»Was hast du vor?«, stieß ich mühsam hervor.

»Ich erschieße dich, wenn du dich bewegst. Ich meine, was ich sage.«

Ihr Blick war starr auf meine Stirn gerichtet.

Langsam näherte sich die Mündung der Waffe.

»Wenn es sein muss, dann sterbe ich eben …«

Es war mein völliger Ernst. Ich würde keinen Widerstand leisten. Plötzlich gab ich alles auf. Ich hatte ohnehin nichts Großartiges mehr vom Leben zu erwarten. Und die Zeit mit Mutsuko war schön, solange sie dauerte.

»Ich fühle wieder diese Mattigkeit«, sagte sie.

»Aber …«

»Wage es nicht, mich anzusehen«, schrie sie.

Dann spürte ich einen Schlag auf dem Kopf. Sie schlug mit der Pistole auf mich ein. Wieder und wieder.

Ich stöhnte auf, doch meine Stimme hörte sich an wie die eines anderen.

Blut floss mir von der Stirn in die Augen, und ich verlor das Bewusstsein.

5

Zwei Filme mit je vierundzwanzig Aufnahmen von Mutsuko im Freien ließ ich in einem Fotogeschäft am Bahnhof Shinjuku entwickeln. Insgesamt waren es neunundvierzig Bilder. Mutsuko war klar auf ihnen zu erkennen, wenigstens auf den meisten – einige waren sicher recht verwackelt.

Fast zwei Wochen lang musste ich einen Kopfverband tragen, und doch überkam mich manches Mal das Gefühl, Mutsuko wäre nur ein Produkt meiner Phantasie. In diesen Momenten zog ich ein Foto von ihr (ein besonders gelungenes vor dem Mitsui-Gebäude) aus meiner Brieftasche. Mitunter überfiel mich, wenn ich in der Bahn saß, der Wunsch, es anzusehen, und es bereitete mir Freude, mich damit ein wenig auf die Folter zu spannen, bis ich ausgestiegen war.

Als ich zu mir gekommen war, war Mutsuko schon nicht mehr da. Ich schaffte es aus ihrer Wohnung und fuhr mit einem Taxi nach Hause. Mein Kopf war mit einem Tuch umwickelt, die Wunde blutete nicht sehr stark. Zu Hause und im Büro erzählte ich, dass ich in betrunkenem Zustand niedergeschlagen worden sei.

Dankbar war ich Mutsuko für die Behandlung – einschließlich des Tuchs – nun gerade nicht, allzu übel nahm ich sie ihr jedoch auch nicht.

Ich konnte verstehen, dass sie mich bei ihrer »Verwandlung« nicht dabeihaben wollte. Außerdem tat es mir leid, dass sie sich ganz allein eine Unterkunft für die Nacht hatte suchen müssen. Wohin sie wohl gegangen war?

Mitte Juni wurde die Firma umstrukturiert und dabei die Abteilung für besondere Projekte sang- und klanglos aufgelöst. Ich erhielt einen neuen Posten und war nun stellvertretender Leiter einer Sektion der PR-Abteilung. Nominell waren wir eine eigene Abteilung, ein gesondertes Büro bekamen wir allerdings nicht zugeteilt, nur eine Ecke in der Presseabteilung. Unsere Aufgabe nannte sich Koordination, gemeint waren »Botengänge« zwischen der Presse und den Vertriebsbeschäftigten in den Ausstellungsräumen für Fertigbauten. Meine Mitarbeiter und ich mussten täglich elf Orte aufsuchen, in Tokio, Chiba, Saitama und Kanagawa. Gewissenhaft nahm ich mich dieser nicht ganz unbedeutenden Aufgabe an.

Mein beruflicher Ehrgeiz oder meine Loyalität gegenüber der Firma hatten im Vergleich zu früher um einiges nachgelassen. Meine beiden größten Wünsche in diesen Tagen waren ein Wiedersehen mit Mutsuko und die Entwicklung der Aktfotos, die ich im Hotel gemacht hatte. Für diese Serie hatte ich eigens zwei Schwarzweiß-Filme gekauft, da ich hoffte, sie selbst entwickeln zu können. In der Realität stellte sich dies jedoch als nicht so einfach heraus, wie ich gedacht hatte.

Ich zog alle erdenklichen Erkundigungen ein, ging in einen Spezialladen für Fotozubehör, um die Ausstattung einer Dunkelkammer zu besichtigen, fragte den Angestellten, wie man einen Film ohne Verdunkelung entwickeln konnte und so fort. Keine der Möglichkeiten erwies sich als praktikabel. Wie sollte ich, ohne Verdacht zu erregen, all die Geräte nach Hause tragen, den Film »eine halbe Stunde unter fließendes Wasser halten« und die Negative im Zimmer aufhängen, um sie an der Luft trocknen zu lassen? Dieses neue gesteigerte Interesse an Fotografie würde meine Frau mir nie abnehmen. Ich müsste eine Menge Ausreden erfinden. Und wenn sie die Bilder einer nackten Frau, Bilder ihres entblößten Geschlechts entdecken würde, wäre das nicht nur äußerst peinlich, sondern eine Katastrophe. Dann wüsste sie, dass ich eine Affäre hatte.

Ich konnte nichts anderes tun, als die Fotos von Mutsukos weißer Nacktheit zusammen mit den Negativen und den anderen Fotos in eine Papiertüte zu stecken und diese tief in einer Schublade meines Schreibtischs im Büro zu verstecken.

Das Stadtteilmagazin meiner Frau war mit nur zwei Mitarbeiterinnen nicht mehr zu bewältigen. Deshalb suchte sie nach ehrenamtlichen Helferinnen für Lektorat, Recherche, Verteilung und Anzeigenabteilung.

»Ich werde selbst auf einen Teil meines Gehalts verzichten und damit das Geld der Firma vermehren«, erklärte sie mir in fast entschuldigendem Ton.

Ich war natürlich mit allem einverstanden. Ich bewunderte ihr Organisationstalent, und solange sie sich mit ihrem Magazin beschäftigte und mich in Ruhe ließ, würde ich ein weniger schlechtes Gewissen haben. Ein solch unverbindliches Verhältnis zwischen uns schien mir eine gute Lösung. Von mir aus konnten wir das so für unseren Lebensabend beibehalten.

»Wer will denn bitte ohne Gehalt arbeiten?«, wandte ich ein.

»Da gibt es einige. Manche Stadtteilmagazine verlangen sogar Mitgliedsbeiträge, trotzdem wollen viele mitmachen. Das Wichtigste ist, dass wir den Beteiligten Aufgaben geben, die sie als lohnend empfinden und die ihren Ansprüchen genügen.«

Ihre Ernsthaftigkeit und Überzeugung überraschten mich. Ich hatte ihr unterstellt, unzufriedene Hausfrauen mit Versprechungen anlocken zu wollen, um deren Arbeitseifer auszunutzen. Aber meine Frau schien an das zu glauben, was sie sagte.

Ich fühlte mich unterlegen. Besser, ich vermied ironische Kommentare. Ihre Art der Beschäftigung war auf jeden Fall gesünder als alles, womit ich mich beschäftigte. Einem Mann wie mir, der immer nur das Foto von Mutsuko anstarrte, es im Café heimlich unter dem Tisch aus der Brieftasche zog oder junge Mädchen mit seinen Blicken verfolgte, kam es wahrhaftig nicht zu, sie zu kritisieren.

Junge Mädchen. Ich war nämlich überzeugt davon, dass mir Mutsuko das nächste Mal als junges Mädchen begegnen würde.

Wie alt das Mädchen sein würde, wusste ich nicht. Zuerst war Mutsuko siebenundsechzig gewesen, dann Anfang vierzig und schließlich in ihren Zwanzigern. Es gab keine erkennbare Regel ihrer Verjüngung. Würde sie als Teenager auftauchen, oder sogar als Kind?

Im Grunde waren derlei Spekulationen absurd, doch nach allem, was ich erlebt hatte, nicht ganz abwegig.

Hin und wieder kroch Angst in mir hoch, Angst, dass ich Mutsuko nie wieder sehen dürfte.

In diesen Momenten überfiel mich unerträgliche Einsamkeit, und ich versuchte solche Ahnungen möglichst zu verdrängen. Bei dem Gedanken, wie sehr sie mein Leben bereicherte, konnte ich ihr mühelos verzeihen, was sie mir am letzten Abend angetan hatte. Ihr gegenüber war ich sehr großzügig.

Mutsuko, komm zu mir, zeig dich mir. Bitte.

Tag und Nacht, selbst im Schlaf, sehnte ich mich nach ihr.

Es war in einer regnerischen Nacht Anfang Juli.

Die Regenzeit ging offiziell zu Ende, und es folgten drei heiße, schöne Tage aufeinander. Danach fing es erneut an intensiv zu schütten.

Fröstelnd saß ich im Wohnzimmer eines Musterhauses und wartete. Genauer gesagt handelte es sich um ein Haus im skandinavischen Stil auf unserem Ausstellungsgelände an der Ring-Autobahn Nummer 8 in Yoga.

Nach 20 Uhr kamen kaum noch Interessenten. An Samstagen im Sommer war die Ausstellung bis 21 Uhr geöffnet. Bei diesem Regen waren jedoch keine Besucher mehr zu erhoffen.

Gegen acht schickte ich meine beiden jungen Mitarbeiter deshalb nach Hause. Ich persönlich hatte keinen Grund, früher zu gehen.

»Die eine Stunde werde ich auch allein überstehen. Ich war früher selbst einmal im Vertrieb.«

Die beiden hatten genug gearbeitet. Außerdem bekamen sie ihre Überstunden nicht bezahlt.

Schon als ich in der Firma angefangen hatte, herrschte dort die Devise: »Umsatz steigern, Überstunden machen«. Ohne Bezahlung, versteht sich. Die jungen Männer sollten ruhig Schluss machen. Wozu sich kaputtarbeiten?

Ich blickte auf und betrachtete in der großen Glastür, die zum Garten führte, mein Spiegelbild. Da das Zimmer hell erleuchtet war, konnte ich draußen kaum etwas erkennen. Nur ein schmales Areal im linken unteren Eck der Scheibe wurde von einer kleinen Gartenlampe bestrahlt.

Von der Scheibe blickte mir ein magerer Endvierziger auf einem billigen, aber immerhin neuen Wohnzimmersofa entgegen.

Meine Haare waren noch ziemlich kurz. Gerade lang genug für einen Scheitel. Um die Verletzung behandeln zu können, hatte man die Haare um die Wunde herum abgeschnitten und den Rest gekürzt. Man hatte mir gesagt, ich solle die Frisur für den Sommer beibehalten. Ich ging allerdings nicht zum Friseur, sondern ließ das Haar wieder wachsen und scheitelte es.

Plötzlich überlief es mich kalt.

Erst jetzt wurde mir klar, warum ich aufgeblickt und in die Scheibe geschaut hatte. Da draußen im Garten war etwas. Im Dunkeln konnte man die Dinge kaum erkennen. Ich sah zunächst nur mich in der Glasscheibe. Doch dann entdeckte ich etwas hinter, nein, eher in meinem Spiegelbild. Ich strengte meine Augen an. Da stand jemand. Wer, konnte ich nicht erkennen, ahnte es jedoch voller Vorfreude.

Beim Aufstehen stolperte ich und konnte mich gerade noch mit der rechten Hand am Sofa abstützen. Als ich zum Lichtschalter hastete, stieß ich mit dem Schienbein gegen den Glastisch.

Im Nachhinein betrachtet, war mein Verhalten ein wenig merkwürdig. Warum war ich nicht direkt zur Türe gegangen und hatte sie geöffnet? Wahrscheinlich fürchtete ich mich davor, Mutsuko Auge in Auge gegenüberzustehen.

Ich knipste alle drei Schalter aus. Im Garten erschien die Silhouette eines Mädchens. Die schattenhafte Gestalt zeichnete sich deutlich im weißen Licht der Gartenlampe ab.

Aus dem Dunkel des Wohnzimmers konnte ich sehen, dass das Mädchen einen Regenschirm in der Hand hielt. Sie sah in meine Richtung, ihr Gesicht war jedoch nicht zu erkennen.

Langsam und vorsichtig entfernte ich mich vom Lichtschalter und näherte mich der Glastür. Das schmale Mädchen war vermutlich noch Schülerin. Es starrte mich an.

Ich öffnete die Tür.

»Guten Abend«, sagte Mutsuko mit Jungmädchenstimme.

»Guten Abend«, antwortete ich. Das Mädchen war sehr schön. Mir traten auf einmal die Tränen in die Augen, und ich musste schluchzen. Nicht einmal »Komm herein« konnte ich sagen.

Mutsuko sah mich schweigend an.

»Ich habe auch geweint«, sagte sie mit ihrer zarten Stimme.

»Wirklich?«

Ich reichte ihr ein Tuch, und sie wischte sich im Eingangsflur die mit Schlamm bespritzten Beine ab. Ihre Waden und ebenso ihre weißen Arme in der kurzärmligen Bluse wirkten rührend zerbrechlich.

»Ist dir nicht kalt?«

»Doch, mir ist kalt.«

Ich zog meine Jacke aus und legte sie ihr um. Sie ließ es widerstandslos geschehen und folgte mir ins Wohnzimmer.

»Ich werde dir einen Kaffee machen. Oder möchtest du lieber Tee?«

Ganz automatisch sprach ich wie zu einem jungen Mädchen.

Sie setzte sich auf einen Stuhl. »Dann lieber Tee, bitte«, antwortete sie in überraschend erwachsenem Ton.

»Wie hast du erfahren, dass ich hier bin?«

»Ich habe in deinem Büro angerufen. Dort hat man es mir mitgeteilt.«

»Ich war sehr besorgt, du würdest mich nicht finden, weil mein Büro und die Telefonnummer neu sind.«

Sie nickte und zog die Jacke enger zusammen.

»Hast du Fieber?«

Sie schüttelte den Kopf, ohne mich dabei anzusehen. »Ich bin nur müde.«

»Wenn wir nur Kekse oder Ähnliches hier hätten …«

Während ich den Tee zubereitete, musterte ich sie immer wieder besorgt.

Diese neue Mutsuko, die da mit gesenktem Blick bewegungslos vor mir saß, wirkte ganz anders als ihre früheren

Erscheinungen. Sie besaß eine reine Schönheit, der nichts Überflüssiges anhaftete.

Sie strahlte weder die Unsicherheit des Teenagers noch die Unbeholfenheit eines Kindes aus. Sie verströmte Anmut und Eleganz, die einer gewissen Lebenserfahrung entstammen. Ich war vielleicht zu ihren Gunsten voreingenommen, aber die Bewegungen, mit denen sie sich die Beine gesäubert hatte, zogen mich nicht an, weil sie die rührende Unbekümmertheit eines jungen Mädchens zeigten, sondern weil sie mich an die wohlüberlegten und gelassenen Gesten einer erwachsenen Frau erinnerten.

»Ich habe etwas Schreckliches getan«, sagte sie.

»Was denn?«

Ich dachte, sie hätte etwas verbrochen und brauchte meine Hilfe.

»Ich spreche davon, was ich dir angetan habe.« Sie lächelte und warf mir einen kurzen Blick zu.

Das traf sicher zu. Aber der Umstand, dass das Mädchen vor mir sich für die Tat der Frau von Mitte zwanzig entschuldigte, verunsicherte mich etwas.

»Es war nicht so schlimm«, sagte ich.

»Geht es dir wirklich gut?«

»Ja, ja, ich bin ganz wohlauf.«

»Ich wusste nicht, was ich tun sollte«, fuhr sie fort. »Wäre ich bewusstlos geworden, hättest du dich um mich kümmern müssen. Das wollte ich verhindern. Und wenn ich mich verwandele, sehe ich gewiss furchtbar aus, wenn ich auch nicht weiß, wie. Du solltest mich jedenfalls nicht in diesem Zustand sehen. Eine Art Instinkt treibt mich in den Verwandlungsphasen dazu, mich zu verbergen – wie sich ein sterbender Elefant zurückzieht. Der Drang war so stark, dass ich zu allem fähig gewesen wäre. Im Nachhinein fand ich es schrecklich, dass ich dich fast umgebracht hätte. Ich wollte dich um Verzeihung bitten.«

Es erstaunte mich, dass dieses fünfzehn- oder sechzehnjährige Mädchen mit mir, einem viel älteren Mann, so unbefangen sprach.

»Ich musste nur zwei Tage zu Hause bleiben. Nach einer Woche konnte ich den Verband schon wieder abnehmen. Von Umbringen kann nicht die Rede sein.«

Ich reichte ihr den Tee.

Mutsuko hielt die Tasse in beiden Händen und ließ den Dampf in ihr Gesicht aufsteigen, so als wäre es mitten im Winter.

»Du bräuchtest eine Sommerjacke.«

»Ja, die Jahreszeiten laufen mir davon.«

»Ein Regenmantel ist nicht mehr nötig.«

»Ein seltsames Gefühl.«

»Was denn?«

»Mir ist, als wäre ich bei dir zu Hause.«

»Bei mir ist es nicht so schön wie hier. Auch nicht so groß. Eine Menge Zeug liegt herum. In einer Wohnung, in der Menschen tatsächlich leben, sieht es kaum so ordentlich aus.«

»Bist du dir sicher, dass du keinen Fehler machts, wenn du so etwas sagst?«

Jetzt klang sie wie ein junges Mädchen.

»Zehn Minuten muss ich noch bleiben. Dann mache ich

hier und oben die Läden zu, schalte überall die Lichter aus und schließe ab. Und dann gehen wir etwas Schönes essen.«

»Hast du Hunger?«

»Du siehst hungrig aus.«

»Wie wäre es, wenn wir hier übernachten würden?«

»Es gibt einen Nachwächter. Er würde es der Firma melden.«

»Sicher würdest du sofort entlassen, wenn du mit einer Schülerin hier übernachten würdest, oder?«

Sie sah unzweifelhaft ganz wie eine Schülerin aus.

Irgendwann einmal bin ich einem alten Bekannten wiederbegegnet, den ich lange nicht gesehen hatte. Er war so stark gealtert, dass mir beinahe die Tränen kamen. Gegen das Alter kann man nichts tun, einem Angriff von Jugendlichkeit ist man jedoch ebenso wehrlos ausgeliefert. Dafür hatte ich den lebenden Beweis vor Augen.

»Seit wann bist du so wie jetzt ...?«, fragte ich.

»Seit zehn Tagen.«

Ich bemühte mich, ihr meine innere Anteilnahme zu verbergen, aber sie fuhr gleichsam tröstend fort.

»In dieser Zeit traf ich niemanden. Es dauert immer eine Weile, bis ich mich an mich gewöhnt habe. Nicht einmal Anziehsachen hatte ich. Für eine Jugendliche ist es ziemlich schwer, alleine zu leben. Man kann selbst keine Wohnung mieten, und es ist nicht weniger einfach, eine Bluse oder einen Rock zu kaufen. Stets wurde ich gefragt, wo meine Mutter sei oder sogar ob ich das Geld gestohlen hätte.«

»Und deine Wohnung?«

»Die hatte ich ja schon gemietet, als ich in den Zwanzigern war. Komischer Gedanke.«

»Kann ich etwas für dich tun?«

»Ja.«

»Was denn?«

»Ich möchte einmal wieder schön in einem Hotel übernachten und den Zimmerservice gebührend beanspruchen.«

»Gut.«

Ausreichend Geld hatte ich nicht dabei, würde die Sache jedoch irgendwie regeln.

»Geld habe ich genug. Nur das Alter ist mein Problem.«

»Das ist klar.«

»Gehen wir?«

»Wohin?«

»Na, ins Hotel.«

»Gut. Zuerst muss ich das Haus abschließen.«

»Kannst du über Nacht bei mir bleiben?«

»Sicher.«

»Ruf zu Hause an. Sag, du kommst heute nicht heim.«

»Später.«

»Nein, jetzt!«

»Ich sage das nicht gerne, aber ich möchte vor dir nicht mit meiner Frau sprechen.«

»Du hast Recht.«

»Was meinst du damit?«

»Du hast dein eigenes Leben, und das hat nichts mit mir zu tun. Du willst es nicht zerstören. Ich mache dir keinen Vorwurf. Ich habe ebenfalls mein eigenes Leben und möchte nicht, dass du dich einmischst. Ich möchte nicht einmal darüber sprechen.«

»Ich gehe jetzt hoch und schließe die Läden.«

»Das obere Stockwerk würde ich mir auch gern ansehen.«

Als wir in das Kinderzimmer kamen, fing sie an zu weinen. Zuerst glaubte ich, es erinnerte sie an ihre eigenen Kinder, aber das war es nicht.

Es war ein typisches Jungmädchenzimmer. Auf dem Bett mit seiner rosafarbenen Tagesdecke saß eine Puppe, die Wand schmückte eine Reproduktion von Marie Laurencin, und von der Decke hing ein Mobile. Eine ziemliche kitschige Einrichtung, doch sie brachte Mutsuko offenbar zum Weinen.

»Was hast du?« Ich öffnete gerade das Fenster, um die Läden zu schließen.

»Die Gefühle …«, setzte sie an. Offenbar bemühte sie sich, die Tränen zu unterdrücken, was ihr nicht ganz gelang.

»Die Gefühle scheinen vom Körper abhängig zu sein. Manchmal reagiere ich wie ein junges Mädchen. Als ich das Zimmer sah, dachte ich, wie schön es wäre, jetzt eine ganze Mädchenzeit in so einem Zimmer verbringen zu können …«

Ich nickte. Nachdem ich die Läden und Fenster geschlossen hatte, ging ich zu Mutsuko, die mit hängendem Kopf neben dem Bett stand, und nahm sie in die Arme. Ihre Schultern waren schmal, und als ich ihr durch meine viel zu große Jacke den Rücken streichelte, fühlte ich, wie schmächtig er war.

Sie sprach nie von ihren Kindern. Auch ich hatte die Hoffnung auf ein gutes Verhältnis zu meinem Sohn fast aufgeben. Irgendwo mit dem Mädchen Mutsuko zusammenzuleben und es großzuziehen war nun ein schöner Gedanke. Ich spürte ihre Körperwärme. Sie rief in meiner Lendengegend leidenschaftliche Gefühle wach, die meinen Vorstellungen zuwiderliefen. Hastig ließ ich Mutsuko los.

»In welches Hotel möchtest du denn?«

Mutsuko nannte den Namen des Hotels, in dem wir schon einmal waren. Die Erinnerung an unsere erotischen Abenteuer würde mich stimulieren, deshalb fand ich den Vorschlag etwas unpassend, doch das wollte ich Mutsuko nicht sagen. Also erklärte ich mich einverstanden. In Wirklichkeit war sie ja kein junges Mädchen, und so waren meine Vorbehalte vielleicht unbegründet. Andererseits konnte ich es kaum vermeiden, beim Anblick dieses unschuldigen Wesens so zu empfinden.

Als wir im Taxi saßen, regnete es immer stärker. Gelegentlich blitzte und donnerte es in der Ferne.

Unser Zimmer mit Blick auf die Stadt lag im 32. Stock. Ein Blitz zuckte über den Himmel, und wenige Sekunden später folgte ein Donnerschlag.

Kaum hatten wir den Raum betreten, drückte Mutsuko die Nase ans Fenster und wartete auf einen »noch tolleren Blitz«. Sie wirkte wie ein Mädchen, das mit nichts als den Kleidern am Leib von zu Hause ausgerissen war. Die Vorstellung weckte meine Phantasie.

»Wir haben da ein Problem«, sagte ich, während ich mich nach einer Speisekarte umschaute.

»Was denn?«

»Du freust dich so an den Blitzen, dass man dich wirklich für ein Mädchen halten könnte.«

»Bin ich etwa kein echtes Mädchen?« Sie wandte sich um und warf mir einen schelmischen Blick zu. »Was ist anders an mir?«

»Ein richtiges Mädchen spricht nicht so.«

»Was meinst du mit ›so‹?«

»Hier ist die Speisekarte, such dir etwas aus. Ich lade dich ein.«

»Auf keinen Fall.«

»Lass mich dich einladen.«

»Da fällt es mir ja direkt schwer …«

»Ein bisschen Zimmerservice kann ich mir leisten, keine Sorge.«

»Das meine ich nicht. Aber ich habe eigentlich keinen großen Hunger.«

»Gut, du darfst mich einladen.«

»Darum geht es nicht. Ich würde mir gerne etwas Luxus gönnen, doch mein Magen scheint kleiner geworden zu sein. Ich kann nicht viel essen. Aber wie wäre es mit einem schönen Drink und vielleicht auch noch einem Krabbencocktail dazu?«

»Oder ein Steak Schaljapin?«

»Nein danke.«

»Ein kleiner Cocktail ist ja nicht gerade luxuriös.«

»Dann eben Kaviar und Räucherlachs.«

»Auf der Speisekarte gibt es sowieso nichts Großartiges.«

»Immerhin würde das bisschen schon über zwanzigtausend Yen kosten.«

Mit Wein kannte ich mich nicht aus, bestellte deshalb die teuerste Flasche Weißwein und je zwei Portionen von drei Gerichten.

»Hast du *Demian* gelesen?«, fragte mich Mutsuko.

»Von Hermann Hesse?«

»Genau.«

»Vielleicht in der neunten Klasse. Ich kann mich kaum an den Text erinnern.«

»An gar nichts mehr?«

»Ich versuche es. Wenn ich mit dir zusammen bin, kann ich nämlich Dinge, die ich ansonsten nicht kann.«

»Glaube ich nicht.«

»Doch. Immerhin konnte ich plötzlich wieder Französisch.«

»Bei unserem Kinoüberfall hat man aber nicht viel davon gemerkt.«

»Es war ja auch der erste Versuch. Da kann immer etwas schiefgehen. Später ist mir übrigens eingefallen, dass ich an der Oberschule Kendo gemacht habe. Ich war nicht gut genug, um an Meisterschaften teilzunehmen, zu meiner besten Zeit habe ich aber zwei von drei Kämpfen gewonnen. Hätte ich anstelle der Pistole ein Holzschwert gehabt, wäre alles bestimmt viel besser gelaufen.«

»Wie fandest du es?«

»Was denn?«

»Das Buch *Demian.*«

Ich stellte mein Glas ab und konzentrierte mich, doch außer an den Schriftzug auf dem Buchdeckel konnte ich mich an keine einzige Zeile erinnern. Vielleicht hatte ich es doch nicht gelesen.

»Ich kann mich nur an *Unterm Rad* oder *Peter Camenzind* erinnern.«

»Mädchen erinnern sich an andere Dinge.« Sie kicherte. »Zum Beispiel an *Demian.*«

»Verstehe.«

»›Jeder Mensch ist nicht nur er selber. Er ist auch der einmalige, ganz besondere, in jedem Fall wichtige und merkwürdige Punkt, wo die Erscheinungen der Welt sich kreuzen, nur einmal so und nie wieder. Darum ist jedes Menschen Geschichte wichtig, ewig, göttlich.‹ Jeder einzelne ist ›ein kostbarer einmaliger Versuch der Natur‹.«

»Stammt das aus *Demian?*«

»Ja. Jeder Mensch wird nur einmal geschaffen. Deshalb ist jeder Einzelne etwas Besonderes.«

»Natürlich bist du etwas Besonderes.«

»Das wollte ich damit nicht sagen. Hätte ich noch mehr Zeit, würde ich vielen Menschen berichten, was mir widerfahren ist. Es wäre vielleicht nicht einmal schlecht, als Phänomen zu sterben. Ich habe jedoch keine Zeit mehr.«

Ihr nachdenklicher Blick verbot mir jedes oberflächliche Wort. Deshalb nickte ich nur.

»Gott oder wie man es nennen will hat weder einen bestimmten Willen noch ist er uns wohl oder feindlich gesonnen – er gehorcht keiner Vernunft. Er ist launisch und brutal, manchmal auch gütig. Ich bin sein Spielball. Viel kann ich nicht tun. Ich versuche mich nur mit all meiner Willenskraft, mit all meinem Verstand zur Wehr zu setzen.«

Als Mutsuko so voller Entschlossenheit sprach, wurde mir klar, dass ich sie noch immer nicht ernst genug genommen hatte. Dabei hatte ich doch alles hautnah miterlebt.

»Ich werde für dich tun, was ich kann.«

Sie lächelte. »Das brauchst du nicht. Schau mich nicht so an, als ob ich gleich sterben würde. Wenn ich alt und krank wäre, würde sich mir der Tod durch eine wachsende Schwäche ankündigen. Ich fühle mich aber immer gesünder, immer jünger – meine Haut zum Beispiel. Das lege ich mir zumindest im Kopf so zurecht, tatsächlich packt mich die Angst, wenn ich mir vorstelle, ich werde demnächst ein Baby sein. Was soll dann aus mir werden? Die Angst nehme ich allerdings nicht ganz ernst – mit einem Körper so voller Energie.«

Sie schwieg und schob sich die Krabben mit einer kleinen Gabel in ihren zierlichen Mund.

Ich brachte kein Wort heraus. Zweifellos erleichterte es die Angelegenheit, dass Mutsuko sich ihrer so sicher war.

»Ein Wort von dir«, bat sie mich.

»Ein Wort?«

»Irgendetwas Aufmunterndes. Etwas, das mir mein unerklärliches Schicksal erklärt, mir hilft, es anzunehmen. Etwas, das mich erleichtert, mich zum Lachen bringt oder anrührt. Ein Zitat, das du dir gemerkt hast zum Beispiel. Bitte.«

Ich merkte, dass ich keine weisen und tiefsinnigen Worte wusste, die passend für die Situation gewesen wären und ihr Mut gemacht hätten. Früher einmal hatte ich mich für geistreiche Sprüche oder Zitate interessiert. In letzter Zeit waren sie mir gleichgültig. Welche Worte hielten Jesus, Mohammed oder Buddha für dieses Mädchen bereit? Vielleicht hatten sie etwas Zutreffendes gesagt. Ernsthaft hatte ich mich jedenfalls mit ihren Schriften nicht beschäftigt. Möglicherweise lag eine Bibel in einem der Nachtschränkchen, aber ich konnte schlecht anfangen, darin zu blättern.

Gab es denn nicht irgendeinen Satz, mit dem ich Mutsuko trösten und aufmuntern konnte? Verzweifelt forschte ich in meinem Gedächtnis nach.

»Was ist los mit dir?«, fragte sie.

»Ich versuche, mich an Passendes zu erinnern.«

»Du weinst ja ...«, sagte Mutsuko.

»Ach was!«

»Fällt dir nichts ein?«

»Ich denke nach.«

»Du lügst. Du hast an etwas Bestimmtes gedacht. Ich will es hören.«

Da fiel mir wirklich etwas ein.

»Als Student habe ich ein Buch von Paul van den Bosch, einem französischen Autor, gelesen. Darin kritisiert er junge Schriftsteller, die sich abfällig über die Liebe äußern, affektiert von ihrer Sinnlosigkeit reden. Ich will damit nur sagen, dass ich nichts für dich tun kann, außer dich zu lieben.«

»Danke.«

»Du magst glauben, ich rede nur schön daher. Sicher, ich kann dich vermutlich nicht so lieben, wie du dich selbst liebst. Meine Gefühle sind vielleicht auch sentimental, ja sogar verlogen. Aber ich will mich nicht mehr mit meinen Gefühlen beschäftigen, mich in ihnen verstricken. Camus hat gesagt, wir hätten keine Zeit, wir selbst zu sein. Nur die Zeit, glücklich zu werden. Diese Worte treffen genau auf unsere Situation zu. Ich will nicht länger über meine Gefühle nachdenken. Ich will nur meine Liebe zu dir spüren. Mich nur noch auf dich konzentrieren.«

»Du machst mich glücklich.«

»De Gaulle soll einmal zu André Malraux gesagt haben …, ach, nicht so wichtig.«

»Was soll er denn gesagt haben?«

»Das Thema passt nicht zu dem guten Wein.«

»Man wählt das Thema nicht passend zum Wein. Ich möchte alles hören, was du zu sagen hast. Also, was hat er gesagt?«

»›Immer siegt der Tod.‹«

»Das ist … doch banal.«

»Und Malraux soll geantwortet haben: ›Ist nicht die Erkenntnis, dass der Tod nicht sofort siegt, ungleich wichtiger?‹«

Es hatte aufgehört zu regnen. Blitze erhellten die Wolken, die über den fernen Bergketten hingen.

»Er hat Recht. Wir müssen die Zeit nutzen, die uns bleibt.«

Ich schämte mich meiner mangelnden Gesitesgegenwart, konnte auf diesen schlichten und tiefen Gedanken nicht entsprechend antworten. Goethe soll zu Frau von Stein gesagt haben, dass sich seine Vorzüge mehrten, während sich seine Tugend verringere. In jungen Jahren hätte ich vermutlich etwas besessen, das das Herz eines Mädchens erreicht hätte, auch wenn ich noch unerfahren und ungeschickt war.

Vor mir stand eine Frau, die tapfer gegen ein ungeheures Schicksal ankämpfte. Und ich hatte nichts Besseres zu tun, als Kaviar und Cracker mit Wein hinunterzuspülen.

»Es tut mir leid«, sagte sie.

»Du meinst, ich tue dir leid?«

»Was für eine Katastrophe muss es für dich sein, anstelle der Frau, nach der du dich gesehnt hast, ein Kind vorzufinden.«

»So sehe ich es nicht.«

»Gefalle ich dir denn jetzt besser als die Zwanzigjährige?«

»Du gefällst mir in jeder Gestalt, aber ...«

»Siehst du.«

»Ich bin nicht enttäuscht. So bist du vielleicht am schönsten. Hattest du damals einen Freund?«

»Damals?«

»Als du tatsächlich in diesem Alter warst.«

»Ich könnte wohl sagen, dass ich viele hatte, aber eigentlich hatte ich keinen.«

»Kann ich mir gut vorstellen. Bei einem so hübschen Mädchen haben alle Hemmungen.«

»Du brauchst keine Hemmungen zu haben. Schließlich bin ich eine siebenundsechzigjährige Großmutter. Ich bin eine Art Monstrum.«

Mutsuko sprang leichtfüßig auf. »Vorsicht, nichts verschütten«, sagte sie und setzte sich auf meinen Schoß. »Bin ich schwer?«

»Überhaupt nicht.«

Schwer war sie wirklich nicht, aber ihr Po war üppiger, als ich gedacht hatte. Und ihre Körperwärme …

»Darf ich?« Unbefangen lehnte sie sich an mich. Ihre Haare hinderten mich am Atmen.

»Hast du auch bei deinem Vater auf dem Schoß gesessen?«

»Nein. Das machen höchstes Sieben- oder Achtjährige.«

»Stimmt. Du bist ja schon eine Frau.«

»Was ist das für ein Gefühl?«

»Ich komme mir vor wie ein Riese. Normalerweise …«

»Normalerweise?«

»Ich sage es nicht.«

»Doch sag es mir.«

Sie bewegte sich auf meinem Schoß hin und her.

»Normalerweise würden mir gleich die Oberschenkel wehtun. Allerdings habe ich das schon ewig nicht mehr erlebt.«

»Ich noch nie«, sagte Mutsuko.

»Lass mich das Glas absetzen. So kann ich dich ja gar nicht in die Arme nehmen.«

»Ich trinke es für dich aus.«

Sie nahm das Glas und wollte es in einem Zug leeren, was ihr nicht gelang. Sie musste Luft holen, ehe sie den Rest Wein austrinken konnte. Ein paar Tropfen rannen ihr über die Lippen, über das Kinn hinunter bis zum Hals. Ich leckte die Flüssigkeit ab.

»Du hast Hemmungen, meinen Busen zu berühren, nicht wahr?«

»Ich würde gern und traue mich nicht.«

»Feigling!«

Sie führte meine rechte Hand an ihre Brust.

»Die andere auch.« Sie nahm meine Linke und legte sie ebenfalls dorthin.

»Sie sind warm«, meinte sie und seufzte tief.

»Ich hätte nicht gedacht, dass deine Brüste so weich sind.«

»Sollten sie hart sein?«

»Deine Haut ist so elastisch. Deshalb dachte ich, dein Busen sei fester. Aber er ist weich wie Watte.«

»Bald ist er nicht mehr watteweich.«

»Ich habe noch nie ein Mädchen in diesem Alter berührt, nirgendwo.«

»Schau, er wird schon fester.«

Sie lehnte sich ein bisschen zurück, meine Berührung durchlief sie.

»Wenn du erlaubst, mache ich weiter.«

»Ja, mach weiter.«

»Ich ziehe dich aus.«

»Ja, zieh mich aus.«

Ich war unglaublich erregt. Da kam mir ein Zitat in den Sinn. »Kannst du dir vorstellen, auch nur eine einzige Sache, die Spaß macht, zu tun und dabei deine Würde zu bewahren? Der Mensch ist nun mal so gebaut«, heißt es bei R. P. Warren in *Der Gouverneur.«*

»Mach Fotos von mir«, verlangte Mutsuko, die nun nackt war.

»Ich habe den Apparat nicht dabei.«

»Dann morgen.«

»Du läufst auch nicht mehr weg?«

»Nein.«

»Das hast du mir schon einmal versprochen und bist doch verschwunden.«

»Diesmal nicht.«

»Komm, wir gehen unter die Dusche.«

»Rieche ich nach Schweiß?«

»Nein, aber ich vielleicht.«

»Macht nichts.«

Ich fuhr mit der Zunge über ihre Lippen, ihren Hals und ihre Brüste. Als ich ihren Nabel streifte, hinderte mich etwas daran, sie unter dem Bauchnabel zu berühren. Ich hatte das seltsame Gefühl, Böses zu tun. Dabei hatte ich bereits alles Erdenkliche mit ihrem Körper angestellt.

Meine Hände erschienen mir schmutzig und grob. Zögernd ließ ich sie weiter nach unten gleiten. Das Haar dort war spärlich und weich. Ich streichelte es, berührte Mutsukos Scham.

»Du bist heiß.«

»Ja.«

»Und feucht.«

»Nicht alles erzählen.« Mutsuko kicherte.

»Ich weiß nicht, ob ich weitermachen soll.«

»Warum?«

»Vielleicht bist du noch Jungfrau.«

»Dann sei mein erster Mann.«

»Darf ein alter Kerl wie ich so etwas tun?«

»Dann bring mir doch einen jüngeren.«

»Das wäre schrecklich!«

Mutsuko bewegte ihre Hüften.

»Neben dir bin ich so unansehnlich.«

»Musst du das sagen?«

»Vielleicht bin ich ein bisschen masochistisch.«

»Dann werde ich deinem Wunsch entsprechen. Leck mich, weg mit den Fingern, mach es mir mit der Zunge.«

Danach nahm ich Mutsuko ihre Jungfräulichkeit, ganz langsam.

Als wir zum Ende gefunden hatten, sagte mir Mutsuko, sie wolle ein Gedicht hören.

»Für welches Alter?«

»Für siebenundsechzig und fünfzehn zugleich.«

»Verstehe.«

»Ich kann doch nicht sagen, wie alt ich bin.«

»Mir fällt nichts ein. Bei unserer ersten Begegnung hatte ich gleich eine Idee.«

»Vielleicht, weil du im Krankenhaus lagst. Jetzt hast du wieder so viele alltägliche Dinge im Kopf.«

»Außerdem muss ich zwei Generationen gleichzeitig genügen.«

»Nicht zwei Generationen. Nur mir.«

Ich
Du
»Wir«

»Wir«
sind nicht in Ich und Du zu trennen.

Deshalb:
Ich
Du
»Wir«

»Warum dieses Gedicht?«

»Ich möchte glauben, dass wir *wir* bleiben, selbst wenn wir uns trennen müssen.

»Von wem ist es?«

»Taeko Tomioka.«

»Liest man als Mann auch Frauengedichte?«

»Wahrscheinlich ist das eher unüblich.«

»Kennst du es aus deiner Studentenzeit?«

»Nein. Das heißt, ich las solche Texte, als ich bereits den Weg des tüchtigen Angestellten eingeschlagen hatte. Kein Wunder, dass ich keine Karriere gemacht habe.«

»Ist das Gedicht zu Ende? Diese Zeilen waren ja schon sehr schön.«

»Nein, es geht noch weiter:«

Ich
Du
Wir stecken einander die Finger in den Mund
berühren die Kehle
berühren die Luftröhre
berühren den Magen
berühren die Lunge
berühren das Herz
berühren das Zwerchfell

Leber, Bauchspeicheldrüse, Rippen, Eingeweide, Muskeln,
Arterien, Venen, Kapillare
berühren alles
berühren Dinge mit abstrakten Namen
was man nie berühren kann
das bist du
das bin ich.

Mutsuko war eingeschlafen.

Ich zog ihr die Decke über die Schultern und fühlte mich dabei wie ein Vater, der sein Kind zudeckt. Und das, obwohl ich vor kurzem in ihrem zierlichen Körper gewesen war. Ich fragte mich, was noch alles geschehen würde. Was um Himmels willen, würde geschehen?

6

Geht man die staubige Einkaufsstraße mit den kleinen Läden vor dem Bahnhof Ebisu entlang in Richtung Hiroo, kommt man nach kurzer Zeit in eine hügelige Wohngegend. Zwischen neueren Betonbauten stehen alte Holzhäuser, und an manchen Stellen herrscht eine Atmosphäre, als wäre die Zeit vor zwanzig oder dreißig Jahren stehen geblieben, obwohl man Shibuya in nur zehn Minuten zu Fuß erreichen kann.

In einem der älteren Viertel stand ein Mietshaus mit schmutzigem Putz. Unsere Zweizimmerwohnung mit Küche lag auf der Ostseite im dritten Stock.

Mutsuko besaß noch ihre vorige Wohnung. Sie wollte sie für die Zeit behalten, in der sie wieder »die Mattigkeit« spüren würde. Was sollte in diesem Fall ein Mann meines Alters einem jungen Mädchen entgegnen.

Ich schrieb an meine Firma und beantragte »eine unbefristete Beurlaubung aus persönlichen Gründen«. Es war, wie ich zugeben musste, ein reichlich konfuser Brief, und ich machte mich darauf gefasst, entlassen zu werden.

Meiner Frau sagte ich nichts.

Einmal nur ging ich nach Hause, um den Fotoapparat und ein paar meiner Sachen zu holen. Ich überlegte, ob ich eine Nachricht hinterlassen sollte, unterließ es jedoch.

Hätte ich den Mut zur Wahrheit gehabt, wäre es etwas anders gewesen. Irgendeine Ausrede zu erfinden hätte bedeutet, dass ich mir ein Hintertürchen offen ließ.

Mehr als zwei Monate würde ich auf keinen Fall mit Mutsuko haben. Bald würde sie wieder »matt« werden, und ich bliebe allein zurück. Dennoch wollte ich nicht die Rückkehr in meinen normalen Alltag vorbereiten. Ich hätte es als Verrat an Mutsuko empfunden.

Also verzichtete ich auf jede Botschaft an meine Familie, nicht einmal »Macht euch keine Sorgen« oder »Sucht mich nicht« schrieb ich. Ich nahm alle Schuld auf mich. Meine egoistische Logik sagte mir, es sei unmöglich, Mutsuko, die viel einsamer war als meine Frau, in ihrer Lage im Stich zu lassen.

»Ich habe genug Geld, um mindest zwei Jahre gut zu leben, auch wenn wir nicht sparen«, sagte Mutsuko. »Aber so lange werde ich nicht leben. Also mach dir wegen des Geldes keine Sorgen. Nimm mich nur fest in deine Arme.«

Wir verbrachten unsere Tage nackt. Mit Klimaanlage wurde es manchmal so kühl, dass wir uns gegenseitig warm reiben mussten. Oder wir schalteten sie aus und öffneten ein Fenster, durch das niemand hereinschauen konnte. Auf einen Luftzug warteten wir freilich vergeblich, und wir liebten uns, indem wir unsere schweißnassen Körper aneinanderpressten.

Insgeheim wusste ich, dass dieses Leben nicht ewig dauern konnte. Ich hätte zwar nie zugegeben, dass die Situation mich erregte, aber unser Sex war so intensiv, weil wir keine Sekunde zu vergeuden hatten. Auch meine Potenz steigerte sich – möglicherweise war es dieses launische Etwas, das mir meine Fähigkeiten verlieh. Selbst wenn ich an einem Tag mehrere Male ejakulierte, verlangte es mich am nächsten umso mehr nach Mutsuko.

»Wenn man keine Sorgen hat, geht das.« Sie lag keuchend in meinen Armen. »Auch ein 48-Jähriger … hat noch … die Kraft. Es sind … die Sorgen … um die Zukunft oder … Verantwortung und Pflichten, sie rauben … dir die Kraft, jajaja!«

»Sei nicht so laut.«

»Ich habe nicht daran gedacht.«

»Sollen wir den Topf mit der Trichterwinde kaufen, den wir auf dem Heimweg vom Stadtbad gesehen haben?«

»Kaufen wir lieber eine Dunkelkammer.«

»Eine Dunkelkammer?«

»Du hast doch gesagt … wir könnten uns … eine einrichten.«

»Um die Fotos zu entwickeln brauchen wir das nicht.«

»Wir machen alles … wie du sagst.«

»Ja.«

»Was … brauchst du dafür?«

»Einen Messbecher … einen Schneebesen … einen Trichter … ein Thermometer, ein Bassin und einen Spezialschwamm.«

»Wollen wir heute Nachmittag … die Sachen kaufen?«

»Gut.«

Endlich tauchten aus dem Entwickler die Negative des nackten Körpers der zwanzigjährigen und dem lächelnden Gesicht der noch jüngeren Mutsuko auf. Auf einem schwarzen Körper kräuselte sich weißes Schamhaar. Überhaupt hatte Mutsuko weiße Haare und schwarze Zähne.

Ich hängte die Filmrollen auf, wischte sie mit dem Schwamm ab und beschwerte sie zum Trocknen mit Klammern.

Wir öffneten das Fenster und legten uns auf das Bett.

»Oh, nein!«, sagte sie. »Wir haben kein einziges Foto von dir.«

»Der Fotograf ist niemals zu sehen.«

»Dass ich gar nicht darauf gekommen bin, dich aufzunehmen …«

»So ist es eben.«

»Wie ist es?«

»Man kann nicht immer an alles denken.«

»Warum hast du nichts gesagt? Warum hast du nicht gesagt, mach auch ein Foto von mir?«

»Es genügte mir, dich aufzunehmen.«

»Um nachher sagen zu können, dass ich nur an mich denke?«

»Auf diese Idee würde ich niemals kommen.«

»Dann fotografiere ich dich jetzt.«

»Nicht nötig.«

»Doch. Zieh dich aus.«

»Ich bin zu hässlich.«

»Dann zieh ich dich aus.«

Eigentlich war mir Gerede wie dieses zuwider. Mit ihr zusammen hätte ich ewig so weitermachen können.

Auf den Bildern von Mutsuko mit fünfundzwanzig waren ihr Busen und ihr übriger Körper äußerst üppig, aber ich hielt mich mit bewundernden Bemerkungen zurück.

»Jetzt bin ich ein mageres Suppenhuhn.«

»Stimmt nicht. Dein Po ist weich und rund.«

»Verglichen mit den Bildern hier sind meine Brüste zu…«

»Einem lüsternen alten Herrn wie mir gefällt das umso besser.«

»Ich bin einfach zu jung.«

Traurig strich sie sich über Brust und Arme. Ich wusste nicht, wie ich sie trösten sollte, und umarmte sie.

»Was wünschst du dir am meisten?«, fragte ich sie. »Ich bin bereit, alles für dich zu tun, aber ich weiß nicht, was.«

»Nimm meine Brustwarze in den Mund.«

»Ja.«

»Einen alten Menschen, der dem Tod entgegensieht, kann niemand trösten. Auch mich kann niemand trösten, denn ich werde immer jünger, bis ich mich schließlich auflöse. Nicht einmal du kannst mich trösten. Jetzt nimm die andere in den Mund.«

»Gut.«

»Das ist alles, was du tun musst. Ich könnte diese grausame Ironie des Schicksals nicht ertragen, wenn ich nicht schon siebenundsechzig wäre. Ich bin alt genug, um meine Verwandlung ein wenig zu genießen, bin dieser Laune der Natur sogar dankbar. Auch dir danke ich, dass du bei mir bist. Du hast schon so viel für mich geopfert – deine Familie und deine Karriere. Ich habe getan, als hätte ich es nicht bemerkt, aber ich bin dir wirklich dankbar. Jetzt bin ich an der Reihe. Lass mich los. Leg dich auf das Bett. Ich werde dich auffressen. Oh, Kleiner, sei nicht traurig. Machst du dir auch Sorgen um meine Zukunft? Es ist alles gut, nimm es nicht so schwer. Richte dich auf in mir, werde groß in meinem Mund.«

Und hier, inmitten der vielen Fotografien von Mutsuko in ihren Zwanzigern, vergaßen wir die Zeit, gaben uns ganz unserer Lust hin.

Am Abend des zehnten Tages kam Mutsuko ins Zimmer gestürzt, als wäre sie auf der Flucht. Schon das Poltern, mit dem sie die Außentreppe des Apartments hinaufstürmte, verhieß nichts Gutes. Ich hielt im Gurkenschneiden inne. Als ich den Schlüssel im Schloss drehen hörte, lief ich in den Flur, löste die Sicherheitskette und riss die Tür auf.

Mutsuko hob ihr schreckensbleiches Gesicht.

»Was ist passiert?«

»Es gab keinen Tofu mehr.«

»Da ist doch noch etwas anderes, oder?«

Sie nickte.

»Was denn?«

»Nichts Gutes.«

»Was?«

Mutsuko streifte sich schnell die Sandalen von den Füßen, rannte an mir vorbei zum Fenster und blickte hinunter.

Rasch verriegelte ich die Tür und stellte mich neben sie, um ebenfalls nach draußen zu schauen. Durch das Fliegengitter sah ich auf die schmale Asphaltstraße mit der Laterne. Schräg gegenüber von uns lag ein altes Geschäft, dessen graue Rollläden geschlossen waren, wie immer. Auf dem Laden stand in abgeblätterten dunklen Lettern: ›Innendekoration – Tapeten, Teppiche, Poster‹. Die Straße war leer.

»Die Polizei hat mich angehalten«, sagte Mutsuko und machte das Fenster zu. Dann schaltete sie die Klimaanlage ein.

»Die Polizei?«

Sie nickte.

»Ja, zwei Polizisten.«

»Was wollten sie von dir?«

»Sie haben mich gefragt, wie alt ich sei.«

»Wussten sie, dass du hier wohnst?«

»Ja. Ich erklärte, ich hätte gerade die Mittelschule beendet. So können sie nichts sagen, dass ich nicht zur Schule gehe.«

»Stimmt.«

»Überzeugt waren sie nicht. Sie meinten, ich sähe eher aus, als wäre ich gerade erst in die Mittelschule gekommen.«

»Das geht die nichts an.«

»Sie fragten auch, wer der Mann sei, mit dem man mich gesehen hat. Ein Onkel, antwortete ich. Dann wollten sie wissen, wie wir verwandt seien. Wirklich penetrant. Sie erklärten mir nicht, warum sie mir all diese Fragen stellten, und quetschten mich weiter aus. Wo ich wohne, wie mein Vater heißt, wo ich zur Schule gehe und so weiter. Ich gab zurück, ich hätte nichts Schlechtes getan, und versuchte wegzurennen. Die beiden hielten mich am Arm fest und meinten, sie würden ja gar nicht behaupten, dass ich etwas getan hätte. Sie hätten einen Anruf erhalten und sorgten sich um mich. Ob mein Onkel mich zu irgendetwas gezwungen hätte?«

»Das haben wir bestimmt unserem Nachbarn zu verdanken.«

»Du hättest mich zu nichts gezwungen, sagte ich, und es gebe auch nichts, worüber man sich Sorgen machen müsse. Dann ließen sie mich endlich gehen.«

»Der junge Kerl von nebenan muss uns belauscht haben. Das Gefühl hatte ich schon, als ich ihm vor ein paar Tagen im Flur begegnet bin. Man kann verstehen, dass ein alleinstehender Mann neugierig ist, aber hatte er gleich die Polizei verständigen müssen?«

»Ich sehe ja tatsächlich wie ein Schulmädchen aus. Ich lebe hier mit dir zusammen. Und wir haben Sex. Kein Wunder, wenn er denkt, ich wäre entführt worden.«

»Da gibt es nichts zu beschönigen.«

»Stimmt. Also, was machen wir? Vielleicht wirst das nächste Mal du befragt.«

»Ich fertige sie einfach ab.«

»Und wenn die Polizei es als ihre Aufgabe ansieht, eine Minderjährige zu beschützen?«

»Ich fertige sie ab.«

»Damit erregst du nur noch mehr Verdacht.«

»Wie könnte ich die Sache denn anders lösen? Der Mann, der bei der Polizei angerufen hat, weiß, dass wir nicht Vater und Tochter sind. Er weiß auch, dass wir Sex miteinander haben. Und du siehst so jung aus.«

»Ich werde alles erklären.«

»Willst du ihnen sagen, dass du siebenundsechzig bist?«

»Auf keinen Fall.«

»Was dann? Du kannst unmöglich deinen Geburtsort, die Adresse deiner Eltern oder die deiner Schule angeben. Also musst du falsche Angaben machen, und das kriegen sie sofort heraus. Wir werden getrennt. Dich nehmen sie in Verwahrung, und die kostbare Zeit, die wir noch haben, wird vergeudet.«

»Wir können ja nicht einfach die Tür zuhalten und uns verstecken.«

»Vielleicht kommen sie nicht.«

»Und wenn doch?«

»Hauptsache, sie halten dich nicht fest. Am besten, du verschwindest in deine andere Wohnung.«

»Vielleicht sollten wir uns gemeinsam eine neue Wohnung suchen.«

»Gute Idee. Am besten wir packen unsere Sachen, dann können wir jederzeit weg.«

»Ich möchte nicht, dass jemand die Fotos von mir sieht.«

»Natürlich nicht.«

»Dass wir auch so aufgestört werden mussten.«

»Da kommt jemand.«

»Was?«

»Ich höre Schritte auf der Treppe.«

»Das sind die beiden Polizisten von vorhin.«

»Die Pistole hast du nicht dabei, oder?«

»Sie liegt in der anderen Wohnung.«

»Egal, ich würde sie sowieso nicht benutzen.«

Die Schritte näherten sich durch den Flur.

»Du musst fliehen. Du darfst keine Zeit verlieren.«

»Ich kann mich nicht von dir trennen.«

Es klopfte.

»Nimm die Fotos und die Negative mit. Ich würde sie gern behalten, aber wenn die Polizei sie findet, bin ich dran.«

»Ich will nicht weg von dir.«

Es klopfte noch einmal. In ruhigem Ton rief jemand den

falschen Namen, den ich angegeben hatte, als wir die Wohnung mieteten.

»Polizei. Bitte, öffnen Sie.«

»Ich komme«, sagte ich.

Mutsuko stopfte die Bilder und die Negative in eine große Plastiktüte.

Erneut klopfte es.

Wir sahen uns an.

Dann entriegelte ich die Tür und öffnete sie einen Spalt.

Zwei Polizisten in Uniform standen davor. Der eine war rundlich und um die vierzig, der andere groß und etwa Mitte zwanzig. Sie sahen mich mit ausdruckslosem Blick an.

»Ja, bitte?«

»Entschuldigen Sie die späte Störung«, sagte der ältere.

»Verzeihen Sie«, fügte der Mittzwanziger sofort hinzu. Es klang wie bei einem Übungseinsatz.

»Wir hätten ein paar Fragen an Sie«, fuhr der ältere fort.

»Worum geht es?«

»Dürfen wir reinkommen? Es ist keine Sache, die man im Flur bespricht.«

»Ja, bitte.« Ich trat ein wenig zurück.

Zu Mutsuko sagte ich: »Grüß deine Mutter von mir.«

»Das ist meine Nichte«, wandte ich mich an den älteren Polizisten. »Sie muss jetzt gehen.«

Der Mann wirkte unschlüssig.

Mutsuko griff nach ihren Sandalen. Die große Plastiktasche trug sie über der Schulter.

»Gehst du wirklich zu deiner Mutter?«, fragte der Polizist.

»Ja«, antwortete sie, als verstünde sie den Grund der Frage nicht, und zog die Schuhe an.

»Also dann, Wiedersehen«, sagte sie.

»Kann sie nicht einen Moment warten?«, fragte mich der Polizist.

»Das Kind brauchen Sie doch nicht zu befragen.«

»Wo wohnst du?«

»In Nakano.«

»Wo denn dort?«

»Geh schon«, unterbrach ich ihn. »Sie haben kein Recht, sie auszufragen.«

»Tut mir leid, aber wir werden sie nach Nakano begleiten müssen«, sagte der ältere Polizist.

»Hiergeblieben.« Der jüngere hielt Mutsuko an der Schulter fest. Sie schüttelte seine Hand ab.

»Was wollen Sie denn von mir?«, fragte ich.

»Ihre Wohnung ist etwas ungewöhnlich, meinen Sie nicht?« Der ältere schlug plötzlich einen herrischen Ton an.

»Was soll das heißen? Erklären Sie sich, und lassen Sie das Kind gehen.«

»Sie nennen sie ein Kind, aber behandeln Sie sie auch wie ein Kind?«

»Was wollen Sie damit sagen?«

»Diese Geräte dienen doch zum Entwickeln von Fotografien, oder?«

»Ganz recht.«

»Und sonst haben Sie hier nichts?«

»Alles im Wandschrank.«

»Auch Töpfe und Geschirr?«

»Ich esse meist auswärts. Da braucht man nicht viel.«

»Hör mal, Kleine«, wandte er sich an Mutsuko. »Hat dein Onkel Fotos von dir gemacht?«

»Ja, habe ich. Ist das etwa eine Straftat?«

»Für normale Fotos braucht man solche Geräte nicht, oder?« Der ältere musterte mich streng.

»Viele Menschen entwickeln ihre Fotos selbst.«

»Kommen Sie schon, wir sind informiert.«

»Informiert? Worüber?«

»Dass Sie nicht ganz normal sind.«

»Was wäre daran schlimm, nicht ganz normal zu sein?«

»Ich möchte das nicht vor dem Mädchen diskutieren.«

»Dann lassen Sie sie bitte gehen.«

»Haben Sie vor, sie wiederzusehen?«

»Was soll das nun wieder heißen?«

»Ich muss gehen«, sagte Mutsuko plötzlich, »sonst wird es zu spät.«

Der jüngere wich zurück, als sie ihn beiseitedrängte.

»Ich gehe jetzt.«

Der jüngere fragte den älteren, ob er ihr nachlaufen solle.

Ich hörte Mutsuko die Treppe hinunterrennen.

»Lass nur. Da kann man jetzt nichts mehr machen.«

Der jüngere entschuldigte sich mit einer Verbeugung.

»Auf dich ist wirklich kein Verlass«, rügte ihn der ältere.

»Eine echte Verdächtige hätte ich sofort verfolgt«, verteidigte sich der andere.

»Wir haben noch keinen Beweis. Reden wir mal Klartext«, wandte sich der andere wieder mir zu. »Es besteht der Verdacht, dass Sie es mit ihr machen.«

»Was?«

»Sie wissen schon.«

»Weiß ich nicht.«

»Tun Sie doch nicht so scheinheilig. Wie alt ist sie? Sie behauptet, die Mittelschule beendet zu haben, aber so sieht sie wirklich nicht aus.«

»Glauben Sie dem Mädchen nicht?«

»Der Bürge, den Sie in Ihrem Mietvertrag angegeben haben, existiert nicht«, fuhr der Polizist streng fort. »Es gibt niemanden, der unter der angegebenen Adresse wohnt. Allein damit haben Sie sich schon strafbar gemacht.«

»Wenn ich etwas getan hätte, wäre es strafbar. Aber so?«

»Nehmen wir einmal an, das Mädchen wäre tatsächlich fünfzehn oder sechzehn. Was machen Sie mit einem so jungen Ding?«

»Ihre Eltern sind geschieden, und ich habe sie vorübergehend bei mir aufgenommen.«

»In dieser Wohnung? Wo arbeiten Sie?«

»Ich bin arbeitslos. Ich hätte die Wohnung gerne besser eingerichtet, aber mir fehlt das Geld dazu.«

»Was Sie nicht sagen. Dabei sehen diese Entwicklungsgeräte nagelneu aus.«

»Die habe ich geschenkt bekommen.«

»Das reicht jetzt. Begleiten Sie uns bitte auf die Wache.«

»Und wenn meine Nichte zurückkommt? Sie hat keinen Schlüssel.«

»Bis sie aus Nakano zurückkommt, dauert es sicher noch über eine Stunde. Bis dahin sind wir längst fertig.«

Auf keinen Fall konnte ich mit auf die Wache. Das Mädchen Mutsuko existierte doch gar nicht. Wie sollte ich der Polizei das erklären?

Ich musste fliehen. Aber was konnte ich allein gegen zwei Polizisten ausrichten? Würde ich durch die übernatürliche Kraft meine alten Fähigkeiten im Kendo wiedererlangen, hätte ich vielleicht eine Chance. Leider spürte ich dafür keinerlei Anzeichen.

»Na dann, kommen Sie mal«, sagte der ältere Beamte. Mir blieb wohl nichts anderes übrig.

Erst jetzt bemerkte ich, dass ich im Unterhemd dastand. Ich zog mir mein Hemd an, das an der Wand hing, und Socken. Wie konnte ich ihnen entwischen? Turnschuhe wären am besten gewesen, doch ich besaß nur Sandalen und ein Paar schwarze Halbschuhe, die ich immer im Büro getragen hatte. Ich entschied mich für dieses Paar, da ich in ihnen schneller laufen konnte. Ich schloss das Fenster.

Auf jeden Fall waren die letzten zehn Tage wunderschön gewesen. Angesichts dieser herrlichen Zeit war ich beinahe bereit, widerstandslos ins Gefängnis zu gehen – einen Moment der Schwäche lang. Doch dann würde Mutsuko ohne mich zurückbleiben und würde schließlich vielleicht so verjüngt, dass sie nicht mehr alleine zurechtkäme. Ich durfte sie nicht im Stich lassen, musste mich frei bewegen können.

»Machen Sie schon«, drängte der ältere. Die beiden Beamten gingen vor mir in den Flur.

Ich band mir die Schuhe zu und blickte mich noch einmal in der Wohnung um. Es gab keinen Fluchtweg. Ich schaltete das Licht aus, folgte ihnen in den Flur und schloss die Tür ab.

Der ältere stieg vor mir die Stufen hinunter, der jüngere hinter mir. Unsere Schritte dröhnten auf der Eisentreppe. Ob der junge Mann in der Nachbarwohnung, der uns angezeigt hatte, beobachtete, wie ich abgeführt wurde?

Plötzlich sprang ein Schatten unter der Treppe hervor. Mit einem Ausruf ging der ältere in Habtachtstellung.

»Ich bin's«, sagte Mutsuko.

»Was ist?«, fragte ich sie.

Was machte sie denn hier?

»Habe aus Versehen dein Portemonnaie mitgenommen.«

Sie hielt mir einen prall gefüllten Geldbeutel entgegen.

»Du solltest ihn mitnehmen.«

»Nicht nötig.«

»Du brauchst doch Geld.«

»Ich habe welches. Keine Sorge.«

Ihre Augen flehten mich an, den Geldbeutel zu nehmen.

»Geh! Ansonsten wird es zu spät«, ermahnte ich sie.

Nachdem sie sicher war, dass ich das Portemonnaie in meiner Tasche hatte, streckte sie mir mit der linken Hand, die sie hinter ihrem Rücken versteckt gehalten hatte, einen Stock entgegen, eine Art Besenstiel.

Eine Hitzewelle durchflutetet mich plötzlich.

»Was soll das?« Der ältere versuchte den Stock zu packen, aber ich war schneller. Im gleichen Moment stieß ich den jüngeren hinter mir um.

Der ältere sprang zur Seite und griff nach seiner Pistole. Ich schlug ihm gegen die Schulter. Als ich mich umdrehte, zog der jüngere, der halb auf der Treppe saß, seine Waffe.

Ich schlug seinen Arm weg und landete im selben Zug einen Hieb auf dem Arm des älteren Polizisten.

Kein Laut kam mir über die Lippen.

»Weg hier!«, rief Mutsuko und sprang abwärts.

Ich folgte ihr und rannte auf die Straße hinaus.

Mutsukos kindliche Gestalt sauste in Richtung Shibuya davon, ich hinterher. Am späten Abend war das Viertel menschenleer, niemand hielt uns auf.

Woher nahm ich nur diese Kraft? Irgendetwas verlieh mir übernatürliche Fähigkeiten! Ich konnte allem Anschein nach laufen, so weit ich wollte. Ganz anders als damals, als wir aus dem Kino flohen und ich so außer Atem geriet, dass ich mich nicht um Mutsuko kümmern konnte – ich kam mir vor wie ein anderer Mensch. Jetzt hätte ich sie sogar tragen können. Aber das wäre unklug gewesen. Inmitten der Nacht mit einem Mädchen im Arm davonzurennen wäre mehr als verdächtig.

Innerlich war ich ganz ruhig, ich wollte nur möglichst rasch einen Ort finden, um mit Mutsuko zu scherzen und zu lachen über dieses Erlebnis, wollte sie für ihre Geistesgegenwart loben. Sie rannte unwahrscheinlich schnell. Wie konnte sie das nur? Vermutlich verfügte auch sie über übernatürliche Kräfte. Gemeinsam hatten wir beide nichts zu befürchten.

»Mutsuko!«, rief ich ihr nach. Aber sie war schnell wie der Wind.

»Mutsuko!«

Die Straße war zunächst breit und führte bergauf, dann wurde sie schmaler, verlief einen sanften Hang hinunter und mündete schließlich wieder in eine breite Straße.

Dort verlor ich Mutsuko aus den Augen. Sie bog links in die breite Straße ein, doch als ich dort ankam, war nichts mehr von ihr zu sehen. Ich befand mich in einem Wohngebiet, in dem kaum Autos fuhren. Eigentlich war es unmöglich, hier jemanden aus den Augen zu verlieren.

Ich blickte den Weg zurück, den ich gekommen war, aber dort war niemand. An einem Zaun an der Ecke blieb ich stehen, rief leise ihren Namen.

Plötzlich trat sie aus dem Schatten eines Hauses und lächelte. Auch ich musste lächeln. Sie hatte sich einen Scherz mit mir erlaubt.

»Du Frechdachs.« Ich ging auf sie zu.

Im selben Moment bemerkte ich, dass sie erschrocken in die Richtung hinter mir starrte. Abrupt drehte ich mich um und sah Scheinwerfer auf uns zukommen.

»Halt, stehen bleiben!«, tönte es aus einem Lautsprecher.

»Lauf weg!«, rief ich.

»Nein!« Mutsuko schüttelte heftig den Kopf.

»Los doch, lauf!«

Sie wich zurück.

»Schnell, bitte!«

Sie fing an zu rennen.

»Stehen bleiben!«, hörte ich jemanden hinter mir sagen. Die Stimme kam nicht aus dem Lautsprecher. Ich hob beide Hände.

Wenn ich gewollt hätte, hätte ich fliehen können.

»Weg mit dem Stock.«

Jetzt erst merkte ich, dass ich noch immer den Stock in der Hand hielt. Ich warf ihn weg.

Eine Männerhand riss mir den rechten Arm herunter und legte mir Handschellen an. Ich verspürte eine gewisse Erleichterung, als hätte ich längst gewusst, dass es dieses Ende nehmen würde.

7

Auf dem Tisch des Cafés lag ein welkes Herbstblatt.

Es war Mitte November.

Ein paar wohltuende Sonnenstrahlen bahnten sich ihren Weg zwischen den Hochhäusern und Bäumen hindurch.

Das schmale ovale Blatt, an der Spitze ockerfarben und in der Mitte leuchtend gelb verfärbt, am Stiel aber noch leicht grün, leuchtete zauberhaft im spätherbstlichen Licht. An zwei Stellen schien sein fein gezackter Rand von Insekten angenagt.

Ich stellte den Papierbecher mit Kaffee, den ich mir geholt hatte, ab, und bewunderte das Blatt.

Ich war damals verhaftet worden und hatte die Nacht in einer Zelle auf dem Revier von Shibuya verbringen müssen.

Am nächsten Morgen befragte man mich. Ich bekannte mich des Widerstands gegen die Staatsgewalt sowie der Behinderung einer Amtshandlung für schuldig. Ich verschwieg nur meinen und Mutsukos Namen. Wenn ich keine Auskunft zu ihr gab, konnte die Polizei ihr nichts anhaben.

Nach zwei Tagen ließen sie die Sache mit Mutsuko auf sich beruhen. Mich verhörten sie allerdings weiter eingehend nach den vermeintlichen Gründen für meine Vergehen und forderten mich wiederholt auf, meinen Namen zu nennen.

»Es sollte Ihnen klar sein, dass die Behinderung einer Amtshandlung keine Lappalie ist, oder nicht?«

Die beiden Polizisten, so sagte man mir, waren nach dem Zwischenfall zehn Tage arbeitsunfähig. Freilich konnte ich aus dieser Information nicht auf die Schwere ihrer Verletzungen schließen.

Nach zwei Tagen verurteilte man mich zu weiteren zehn Tagen Haft und danach zu noch einmal zehn. Sie probierten es mit Freundlichkeit, mit Strenge und mit dem Versprechen, dass man von einer Anzeige absehen würde, wenn ich alles sagen würde. Bliebe ich hingegen stur, blühe mir eine Anklage, die meinen Ruf auf Lebenszeit schädigen würde, drohte man mir.

So nannte ich schließlich am zwölften Tag meinen Namen und meine Adresse. Meine Frau wurde benachrichtigt und kam auf das Revier in Shibuya.

Ein älterer Untersuchungsbeamter, der häufig mit mir redete, verlieh seiner Verwunderung Ausdruck, dass ich in diese Lage geraten war. Immerhin hätte ich es ja zum stellvertretenden Leiter »einer renommierten Baufirma« gebracht. Neuerdings gebe es wohl häufig Männer, die unter der Last ihres Managerjobs zu Boden gingen.

Bald fragte er dann wieder nach Mutsuko. Ich blieb standhaft, sagte nur, dass ich sie nicht kennen würde und niemals mit ihr geschlechtliche Beziehungen unterhalten habe. Am Ende meinte er, man müsse Anklage gegen mich erheben.

Mitte August wurde ich in die Tokioter Justizhaftanstalt verlegt. Noch durch die vergitterten Fenster des Gefängniswagens spähte ich nach Mutsuko. Am zweiten Tag im Gefängnis besuchte mich meine Frau. Sie sah mich nicht an, als sie mir erklärte, dass ich auf Kaution freikommen könne. Da die Summe sehr hoch sei – anderthalb Millionen Yen nämlich –, müsse ich mich ein wenig gedulden.

»Du brauchst keine Kaution für mich zu stellen.«

»Das geht doch nicht.« Entnervt sah sie zur Decke.

»Ich mache dir andauernd Schwierigkeiten und habe nur an mich gedacht. Also habe ich es verdient, hier zu sitzen. Dafür musst du keine anderthalb Millionen Yen aufbringen. Sag ihnen, dass ich mich weigere, auf Kaution freizukommen.«

»Aber …«

»Sag, ich sei verrückt geworden und ließe nicht mit mir reden.«

»Glaubst du, ich laufe herum und verbreite einen solchen Unsinn?«

Sie schob mir ein Lunchpaket vom Gefängniskiosk hin und ging. Die Kaution wurde nicht bezahlt.

Ich teilte die Zelle mit einem Dieb, der behauptete, seine Festnahme sei eine Art Betriebsunfall gewesen, und musste mir die ganze Zeit sein Gejammer anhören.

Mein Pflichtverteidiger erklärte mir, ich würde wegen Widerstands gegen die Staatsgewalt und Behinderung einer Amtshandlung angeklagt. An meinem dreiundzwanzigsten Tag im Gefängnis wurde ich nach der ersten Verhandlung, die anderthalb Stunden dauerte, verurteilt. Meine Frau sagte aus, dass ich es durch meinen Fleiß zum stellvertretenden Verkaufsleiter gebracht hätte und stets ein verständnisvoller und guter Ehemann geblieben sei, obwohl ich seit meiner Versetzung nach Hokuriku unter psychischer Labilität litt. Wenn ich aus dem Gefängnis käme, würde sie sich persönlich dazu verpflichten, sich gewissenhaft und liebevoll um mich zu kümmern, damit ich nicht rückfällig wurde.

Ich hatte den Eindruck, dass hier ein unmenschliches Rollenspiel absolviert wurde. Wir verdrängten unsere wahren Gefühle und spielten Rollen, die weder mit mir noch mit meiner Frau etwas zu tun hatten.

Ich bekam sechs Monate Gefängnis, die auf zwei Jahre Bewährung gelegt wurden.

Als meine Frau und ich mit dem Taxi nach Hause fuhren, sagte sie nur einen Satz zu mir: »Du hast zugenommen.«

Mein Sohn, der zu Hause die Tür öffnete, wich meinem Blick aus, sagte nur kurz »hallo« und verschwand sofort in seinem Zimmer.

Auf dem Wohnzimmersofa erfuhr ich von den Beschlüssen meiner Firma. Offiziell durfte ich »auf eigenen Wunsch« ausscheiden und bekam so die volle tarifliche Abfindung. Einige Kollegen, von denen ich glaubte, sie hätten mich längst fallen lassen, hatten sich wohl dafür eingesetzt. Als ich davon hörte, kamen mir die Tränen.

»Ich denke, für heute sollten wir es bei dem belassen …«, meinte meine Frau in angespanntem Ton.

»Nein, nein. Sag, was du auf dem Herzen hast. Alles andere macht mich nur nervös.«

»Ich habe vor Gericht versprochen, mich um dich zu kümmern, also bleibe ich die zwei Jahre bei dir. Danach möchte ich die Scheidung.«

Ich willigte ein. Ich hatte damit gerechnet.

Mein Sohn sprach auch am nächsten Tag nicht mit mir. Er schien Angst vor mir zu haben. Wahrscheinlich konnte er sich nur schwer daran gewöhnen, dass sein Vater ein verurteilter Krimineller war.

Unter dem Vorwand, mir Arbeit besorgen zu wollen, verließ ich am dritten Tag nach meiner Rückkehr das Haus. Das tat ich von da an täglich.

Weder meine Frau noch mein Sohn fragten weiter nach.

Ich durchstreifte Shinjuku, Shibuya und Ebisu, um Mutsuko zu finden.

Nach einer Woche vergeblicher Suche saß ich meist in dem Straßencafé zwischen den Hochhäusern von Shinjuku, an dem Ort, an dem ich Mutsuko damals fotografiert hatte.

Ich würde sie nicht finden, auch wenn ich noch so viel herumlief. Also blieb mir nichts anderes übrig, als hier zu sitzen und zu warten. Vielleicht würde sie irgendwann auftauchen.

Nun hatten wir schon Mitte November.

Auf dem Tisch vor mir lag ein Herbstblatt.

Angenommen, die Mattigkeit hätte sie zuerst wieder Ende August heimgesucht und sie wäre im September verjüngt erwacht – wie alt müsste sie in diesem Moment sein? Zehn, sechs oder zwei? Wenn die Phasen monatlich einsetzten, hätte der nächste Anfall Ende Oktober stattgefunden. Das hieße, sie war möglicherweise gar nicht mehr auf der Welt.

Nein, in dieser strengen Folgerichtigkeit musste die Sache nicht ablaufen, versuchte ich mich zu beruhigen.

Jeden Augenblick konnte sie in Pullover und Mantel, mit einem Lächeln auf den Lippen aus der Richtung des Bahnhofs kommen – genau wie das Mädchen, das gerade vorüberging. Vielleicht würde sie plötzlich als Zwanzig- oder als Achtzehnjährige vor mir stehen, oder sie wäre wieder in den Vierzigern oder sogar siebenundsechzig.

Wie schön das Blatt war.

Ich dachte an den Film *Jenny* mit Jennifer Jones. Die Geschichte erinnerte mich nun so sehr an Mutsuko, dass ich mich wunderte, warum ich nicht früher darauf gekommen war.

Der Film handelt von einem Mädchen, das eines Tages bei einem mittellosen Maler auftaucht. Innerhalb kurzer Zeit verwandelt es sich in eine wunderschöne Frau, doch wird diese dann in einer stürmischen Nacht vom Meer fortgerissen. Die Geschichte eines Mädchens, das zur Frau wird – eine Erfahrung, die jede Frau macht. Eine Geschichte, die aber mit dem frühen Tod des Mädchens endet und davon erzählt, wie rasch die Zeit verfließt. Alles erinnerte mich sehr an Mutsukos Schicksal.

Jennies Existenz umgab etwas ganz Eigenes, und der arme Maler, der ihr begegnete, sollte einfühlsam und gütig genug sein, das zu erkennen. Doch was könnten die Menschen in meiner Mutsuko wahrnehmen? Und fraglicher noch – was könnten sie jenseits von Mutsukos Existenz in der meinen sehen? Sollte Gott mich für diese Erfahrung ausgewählt haben, dann musste er dem Alkohol zugesprochen und eine

Augenbinde getragen haben. Ich besaß keine Eigenschaften, mit denen ich den allgemein gültigen Werten etwas Authentisches entgegensetzten konnte. Ich verlor mich bloß in einer Liebesaffäre, machte riskante Fotos und ließ mich mit einem Mädchen ein, ohne Rücksicht darauf zu nehmen, dass es höchstens sechzehn war. Ich habe nie in Erwägung gezogen, sie zu malen. Natürlich könnte ich mir sagen, dass ich eben kein Maler bin. Aber die Fotos, die ich gemacht hatte, entsprangen keineswegs der Sehnsucht, etwas Schönes zu schaffen, sondern nur meiner Lust.

Ich erlebte ein unglaubliches Wunder, konnte aber nicht das Geringste daraus machen. Kein Moment der Erkenntnis war mir vergönnt. Ich richtete mein Begehren auf Mutsuko, wurde nutzlos, um nun wie ein Idiot auf das welke Blatt auf dem Tisch zu starrren.

Ich konnte mich nicht satt daran sehen.

Wann hatte ich zuletzt den Wechsel der Jahreszeiten so genossen wie jetzt?

In Hokuriku hatte ich einen strengen Winter verbracht und in Tokio den Frühling vor der Kirschblüte und den Sommer, in dem Mutsuko und ich so geschwitzt hatten. Mein Kopf war jedoch voll von anderen Dingen gewesen, ohne die Jahreszeiten zu schätzen.

Langsam streckte ich meine Hand nach dem Blatt aus und berührte seine gelbe Färbung leicht mit den Fingerspitzen. Ich sehnte mich danach, diese Schönheit an meine Brust zu drücken. Aber das Blatt war zu zerbrechlich, zu zart, als dass ich seine Schönheit hätte umarmen können.

Mit einem Mal wurde mir bewußt, wovor ich Angst hatte. Es war die böse Ahnung, dass Mutsuko bald das Stadium von Ei und Sperma erreicht haben mochte. In welchem von beiden würde ihr Herz sein? Und dass sie am Ende ganz aus der Welt verschwinden würde.

Nein, das nicht. Das durfte nicht geschehen.

Ich hielt das Blatt mit einem Finger fest, damit es nicht wegflog. Es drehte sich in der Vormittagssonne und flatterte. Du darfst nicht davonfliegen. Ich streichelte das Blatt. Dabei kamen mir die Tränen. Die Vorstellung, dass Mutsuko vielleicht gerade in diesem Moment irgendwo unaufhaltsam ihre Auflösung erlitt, wurde immer realer, ergriff schließlich ganz von mir Besitz. Tränen strömten mir übers Gesicht. Plötzlich spürte ich, dass jemand mich anblickte. Einige Schritte entfernt von mir sah ich ein kleines Mädchen.

Wie gelähmt starrte ich es an. Die Zeit schien stillzustehen.

Es war Mutsuko.

Sie war vier oder fünf Jahre alt.

Die Kleine trug ein dunkelbraunes Kleid mit Rüschen an den Schultern, hatte sehr helle Haut und sah aus wie eine Mutsuko in Puppengestalt – Augen, Nase und Mund, alles an ihr war klein und niedlich und wirkte sehr zerbrechlich.

Aus den Augen der Puppe quollen Tränen.

»Ich wusste nicht, was dir passiert war.«

Ihre Stimme klang wie die eines kleinen Mädchens, hatte aber genau Mutsukos Tonfall.

Die Kleine kam auf mich zu. Ich konnte nicht aufstehen.

»Seit ich in diesem Alter bin, ist alles schwierig für mich.

Ich kann kaum einkaufen, selbst einfach nur allein herumzulaufen ist ein Problem. Ganz gleich, was ich mache, alle wollen sich meiner annehmen. Es war gar nicht leicht hierherzukommen.«

Das kleine Mädchen lächelte traurig. Seine Augen standen noch immer voll Tränen.

»Aber es hat auch Vorteile«, meinte ich. »Wenn ich dich hochhebe und an mich drücke, findet niemand etwas dabei.«

Sie nickte und wischte sich mit ihren Kinderhändchen die Tränen ab.

»Papa«, sagte sie und lächelte mich an.

Ich drückte sie an mich.

Sie war so weich und so klein, dass ich es nicht wagte, sie allzu fest zu umarmen. Als ich sie hochhob, erschrak ich über ihr geringes Gewicht.

Sie presste ihre Lippen auf meine Wange, und ich spürte den reinen Speichel des Kleinkindes, empfand dabei jedoch keinerlei Widerwillen.

Ich küsste sie ebenfalls auf die Wange. Zuerst wollte ich sie auch noch auf den Mund küssen, aber da ihr Mündchen so klein und niedlich war, zögerte ich und drückte meine Wange an ihre.

»Aua, das kratzt.«

»Was?«

»Dein Bart.«

Ihr Stimmchen ließ mich beinahe vergessen, dass in diesem Kleinkind eine erwachsene Frau steckte. Fast wäre ich in eine Kindersprache verfallen.

»Alles ist gut, jetzt bin ich ja da. Ich trage dich, wohin du möchtest. Wir kaufen, was du möchtest, und essen, was du möchtest.«

Mutsuko setzte sich auf meinem Arm zurecht und legte ihre kleinen Hände um meinen Hals.

»Ich möchte ein neues Kleid haben.«

»Wir gehen in ein Kaufhaus und …«

»Was denn?«

»Fast hätte ich gesagt, wir fahren Karussell auf dem Spielplatz auf dem Dach.«

Mutsuko lachte, aber gleich kamen ihr wieder die Tränen. Sie drückte ihren Kopf an meine Wange und weinte.

Auf dem Weg zum Kaufhaus streichelte ich ihr das Haar und tätschelte ihr sanft den Rücken.

Ich war froh, so froh, Mutsuko wiedergefunden zu haben.

Ich fühlte mich, als ob ich auf Flügeln ging. Meine düsteren Ahnungen hatten sich als unbegründet herausgestellt. Ei oder Sperma? Unsinn. Es strengte mich überhaupt nicht an, Mutsuko zu tragen. Sie war nicht schwer, außerdem war ich außer mir vor Glück, ihre Wärme zu spüren.

»Wie hast du denn dein Kleidchen gekauft?«

»Es ist zu groß, nicht wahr?«

»Findest du?«

»Ein bisschen.«

»Es steht dir aber sehr gut.«

»Gegen Ende der letzten Phase habe ich vorsichtshalber ein paar Sachen gekauft.«

»Das war ziemlich klug von dir.«

»Ich habe ein Kleid für sieben bis acht, eins für fünf bis

sechs und eins für drei bis vier gekauft. Das hier ist für Fünf- bis Sechsjährige und zu groß.«

»Wie kaufst du Lebensmittel ein?«

»Ich nehme einen Zettel und Geld und sage, meine Mutter habe mich geschickt. Außerdem gehe ich nie mehrmals in dasselbe Geschäft, damit niemand neugierig wird. Bisher war ich immer woanders, und es ging ganz gut.«

»Und die Wohnung? Finden die Nachbarn es nicht sonderbar, dass du alleine lebst?«

»Das ist kein Problem. Die Wohnung, die ich mir damals mit Mitte zwanzig gesucht habe, ist ziemlich anonym. Weitaus schwieriger war es, auf der Bank die Miete einzuzahlen.«

»Verstehe.«

»Nachdem ich hin und her überlegt hatte, kam ich auf die Idee, einen Brief mitzunehmen, in dem stand, meine Mutter sei krank. Dann habe ich drei Monatsmieten auf einmal eingezahlt. In Geschäfts- und Vergnügungsvierteln wie Shinjuku oder Shibuya kann ich als Vierjährige natürlich nicht alleine herumlaufen. Auch wenn ich mit der Bahn fahre, werde ich angesprochen. Ich habe gehofft, dass du vielleicht hierherkommst, allzu lange hätte ich nicht mehr warten können …«

Eine Frau, die an uns vorbeiging, starrte uns verblüfft an. Bestimmt, weil Mutsuko so fließend sprach.

»Vielleicht solltest du mehr wie ein Kind sprechen, wenn Leute in der Nähe sind«, flüsterte ich ihr zu.

»Papa, du hast abgenommen.«

»Ja. Zuerst habe ich zugenommen. Auf der Suche nach dir

habe ich dann rasch wieder an Gewicht verloren. Mutsuko, du bist so tapfer. Du machst alles so gut. Du bist so klug und dabei so niedlich, so weich und so klein.«

»Du darfst nicht weinen.«

»Nein, nein. Papa weint nicht.«

Im Kaufhaus kauften der Papa und seine kleine Tochter ein paar Kleidchen, einen Mantel, Söckchen und auch eine kleine Schultertasche.

Anschließend gingen wir ins Restaurant und aßen zu Mittag. Es war kurz nach elf Uhr vormittags und fast leer. Das Töchterchen aß eine frittierte Garnele und war satt. Wieder kamen dem Vater die Tränen.

»Ich möchte in ein Hotel«, verlangte die Tochter nun, nicht ganz altersgemäß.

Eine mollige Dame am Nebentisch sagte mit einem sympathischen Lächeln: »Süß, die Kleine. Sie spricht schon wie eine Erwachsene.«

Ich lächelte zurück.

»Können wir nicht in deine Wohnung gehen?«, fragte ich Mutsuko.

»Nein.«

»Warum denn nicht?«

»Ich möchte lieber ins Hotel.«

»Das darfst du aber nicht sagen. Dein armer Papa«, mischte die mollige Dame sich ein.

Als wir das Restaurant verließen, verkündete Mutsuko, sie sei müde. »Ich bin sehr erleichtert, aber ich fühle mich schwach.«

»Du kannst auf dem Klappbett schlafen.«

»Nein, wir gehen ins Hotel.«

»Warum nicht in deine Wohnung?«

»Das geht nicht.«

»Warum?«

»Du, ich, wir.«

»Na gut, ich trage dich ins Hotel. Schlaf ein bisschen.«

Vertrauensvoll schloss Mutsuko die Augen.

Als wir das Kaufhaus verließen, fragte ich sie leise eine Sache, die ich die ganze Zeit auf dem Herzen hatte.

»Wie lange bist du schon in diesem Alter?«

»Etwas über zwei Monate«, antwortete sie schläfrig, die Wange auf meine Schulter gelegt.

Kalt überlief es mich. Demnach hatte sie nicht mehr viel Zeit. Nach dem bisherigen Verlauf zu urteilen, war die nächste Phase längst fällig.

Schlaff lag Mutsuko in meinen Armen. Sie war eingeschlafen.

Vielleicht hatte sie jetzt einen Wendepunkt erreicht und würde von nun an wieder wachsen. Ich konnte die Hoffnung nicht völlig aufgeben.

Oder hatte sie auf mich gewartet?

Wie ein Sterbender mit erlöschendem Atem noch auf den einen wichtigen Menschen wartet. Hatte Mutsuko gewartet, bis sie mich fand?

In diesem Fall wäre es nur allzu verständlich, dass sie erschöpft war. Sie sollte ruhig schlafen, so lange sie wollte. Obwohl ich hoffte, dass sie bald aufwachen würde. Ich hatte ihr so viel zu erzählen und auch so viele Fragen an sie.

Wir bekamen ein Zimmer im 25. Stock, diesmal mit einem ganz anderen Blick. Unter dem Fenster lag ein Baseballplatz. Man sah die Hochautobahn und jenseits davon einige Hochhäuser.

Behutsam legte ich Mutsuko auf dem Bett ab.

Wie klein sie geworden war.

Mit diesen winzigen Füßchen war sie zur Bank gegangen, hatte mit ihren kleinen Händen eine Überweisung getätigt und sogar eingekauft. Ganz allein hatte sie gelebt. Bei diesem Gedanken verspürte ich den Drang, sie fest an mich zu drücken. Eine Weile starrte ich sie an, beherrschte mich jedoch.

Ich deckte sie zu.

Dann kniete ich mich neben das Bett und konnte mich an ihrem hübschen Kleinmädchengesicht nicht sattsehen.

Nach etwa zwanzig Minuten schlug Mutsuko die Augen auf. Zuerst sahen sie mich blicklos an, als wären sie aus Glas, dann kehrte allmählich das Licht in ihre Pupillen zurück. Sie lächelte. Ich lächelte ebenso und nickte ihr zu.

»Tut mir leid.«

»Nein, gut, dass du schlafen konntest.«

»Im welchen Stockwerk sind wir?«

»Im 25.«

»Wie das letzte Mal.«

»Das Fenster zeigt in eine ganz andere Richtung.«

»Stimmt.«

Als sie sich aufsetzte, wirkte das Bett noch größer.

»Ich bin wirklich sehr erstaunt«, sagte ich.

»Worüber denn?«

»Wir hübsch du in jedem Alter bist.«

»Es ist, als würdest du dir alte Fotos ansehen. Ich wusste ja selbst nicht, dass ich einmal so ausgesehen habe.«

Ein schmerzliches Lächeln trat auf ihre Lippen. Ihre Worte waren die eines altklugen Mädchens, das selbstsicher wie eine Erwachsene sprach. Aber ich war bezaubert.

»Lässt du mir ein Bad ein?«

»Ja, gerne.«

Ich ging auf das Badezimmer zu. Dabei wandte ich mich um und beobachtete Mutsuko, die am Fenster stand und nach draußen sah. Sie war so klein – eine schöne, eine schöne und merkwürdige Gestalt. Trauer und Liebe schnürten mir das Herz ab.

Da sagte Mutsuko unvermittelt: »Versteh mich, bitte. Ich muss jetzt gehen.«

Alles wurde weiß und leer. Dann hatte ich das Gefühl, als käme ich nach einer Gehirnerschütterung wieder zu mir.

»Wohin?« Meine Stimme klang weit entfernt.

»Ich habe keine Zeit mehr.«

»Ich gehe mit dir, egal wohin.«

»Quäl mich doch nicht.«

»Ich quäle dich nicht.«

»Ich kann dich nicht mehr niederschlagen, um zu verschwinden.«

»Warum solltest du auch verschwinden?«

»Weil ich es will. Ebenso wie zwei Menschen nicht den gleichen Traum haben können, muss ich das, was mit mir geschieht, allein bewältigen.«

»Was wird mit dir passieren?«

»Ich weiß es nicht genau, aber du ahnst es sicher schon.«

»Vielleicht kommt es nicht so weit.«

»Ich weiß, dass es so kommen wird. Ich habe zu Gott gebetet, dich vorher noch einmal sehen zu dürfen. Und sei es nur für eine Sekunde. Jetzt bin ich erschöpft. Die Mattigkeit ergreift mich wieder.«

»Nein, ich will dich nicht alleinlassen.«

»Mach es mir nicht so schwer. Lass mich gehen.«

»Werde ich dich wiedersehen?«

»Bestimmt …«

»Wo?«

»Ich weiß es nicht. Mir passiert so etwas auch zum ersten Mal. Ich habe keine Ahnung, was mir bevorsteht, und ich habe Angst.«

»Dann bleibe ich bei dir.«

»Nein! Dass ich dich nicht mitnehmen kann, ist mir klar. Genauso wie wenn man stirbt. Man weiß, dass es geschieht, obwohl man nicht weiß, was danach kommt.«

»Solche Vergleiche will ich nicht hören.«

»Ich muss gehen. Sag bitte nichts mehr.«

»Doch! Lass uns wenigstens noch ein paar Stunden miteinander verbringen.«

»Mein Wunsch, dich wiedersehen zu dürfen, wurde erhört. Und ist damit mehr als erfüllt.«

»Warum erlegst du dir selber so etwas auf?«

»Ich kann nicht anders. Weil ich weiß, dass sonst alles unwiederbringlich verloren wäre.«

»Was wäre verloren?«

»Ich weiß es nicht, aber ich spüre es.«

»Ich kann den Gedanken nicht ertragen, dich nie wieder zu sehen.«

Unsere Beziehung hatte auf einem Wunder beruht. Überdeutlich spürte ich meine Ohnmacht. Kein Mensch besaß die Macht, dieses Schicksal abzuwenden, das spürte ich. Oder besser gesagt, etwas ließ es mich spüren. Ich hatte keine andere Wahl, als das Schicksal tapfer und erhobenen Hauptes anzunehmen, wie Mutsuko es tat.

Ich fühlte, wie alle Kräfte mich verließen. Ich war wie eine von ihrem Puppenspieler im Stich gelassene Marionette.

Ich fiel auf die Knie. Lautes, trockenes Schluchzen entrang sich meiner Kehle. So verzweifelt war ich, dass ich nicht einmal mehr Tränen hatte. Ich wollte Mutsuko nicht verlieren.

Als ich mit hängendem Kopf auf dem Boden hockte, legte Mutsuko ihre kleine Hand auf mein Haar.

»Nimm mich in deine Arme«, sagte sie liebevoll.

Ich bemühte mich, sie nicht mit meinem Bart zu kratzen, und drückte meine Lippen zärtlich auf ihr Haar.

Die Welt warf lange Schatten in der Herbstsonne, die die Stadt in spätnachmittägliches Licht tauchte.

Wie ein Vater seine kleine Tochter, trug ich Mutsuko aus dem Hotel die Zufahrt hinunter.

»Bitte lass mich jetzt herunter«, forderte sie.

So hatte ich es ihr versprochen.

Ich brachte es aber noch nicht über mich und ging bis an die belebte Straße.

»Hier, bitte«, sagte sie.

»Warum müssen wir uns schon trennen?«, fragte ich leise. Ich konnte meine Tränen nicht unterdrücken.

»Leb wohl«, flüsterte sie mir ins Ohr. Ihre Stimme verriet, dass auch sie weinte.

Ich war wie erstarrt.

Menschen gingen vorüber, und als ich nach oben schaute, zitterten die gelbbraunen Blätter der Bäume in der sinkenden Sonne. Einige fielen zu Boden.

»Leb wohl«, sagte Mutsuko noch einmal.

Ich nickte und setzte sie, um ein Lächeln bemüht, ab.

»Leb wohl«, sagte ich.

Sie sah zu mir auf und nickte. Ihre Augen standen voller Tränen. Entschlossen machte sie sich in Richtung Bahnhof auf den Weg.

Sofort schoben sich Passanten zwischen ihre winzige Gestalt und mich. Mutsuko, die sich im abendlichen Gedränge entfernte, wirkte unendlich hilflos. Noch tanzte ihr Kleidchen als pfirsichfarbener Tupfer durch die Menschenmenge aus großen Männern im Anzug, aus Frauen, dann war sie verschwunden.

Quellenvermerk